KB203506

여행의

문장들

여행의 문장들 여행자의 독서, 세번째 이야기

ⓒ 이희인, 2016

1쇄 인쇄 2016년 7월 22일
1쇄 발행 2016년 7월 29일

글·사진 이희인

펴낸이, 편집인 윤동희

기획위원 홍성범
디자인 정승현
제작처 새한문화사

펴낸곳 (주)북노마드
출판등록 2011년 12월 28일 제406-2011-000152호

주소 04003 서울시 마포구 월드컵로 12길 45(서교동 474-8) 2층
전화 02-322-2905
팩스 02-326-2905

전자우편 booknomadbooks@gmail.com
페이스북 /booknomad
인스타그램 @booknomadbooks
트위터 @booknomadbooks

ISBN 979-11-86561-28-7 03810

www.booknomad.co.kr

여행의

문장들

여행자의 독서,
세번째 이야기

이희인 지음

북노마드

세상에 책이 아닌 것 어디 있으랴

독서술을 체득하고 있는 사람은 가는 곳마다 만물이 변하여
책이 될 수 있다는 것을 깨닫는다. 산수山水, 바둑, 술도 책이 될 수
있고 달, 꽃도 또한 책이 될 수 있다. 현명한 여행자는 가는 곳마다
풍경이 있는 것을 안다. 책과 역사는 풍경이다. 술도 시도
풍경이다. 달도 꽃도 또한 풍경이다.

– 린위탕, 『생활의 발견』 중에서

길과 길이 어떻게 만나고 이어지는가를 알게 되는 일은
행복합니다. 산과 산이 어떻게 어울려 산맥을 이루고, 강물과
강물이 어떻게 만나 거대한 바다로 나아가는지 목도하는 일은
경이롭기만 합니다. 세상의 길이 어떻게 만나는가를 더듬어 알고
발견하는 일이 여행이라는 생각을 해봅니다. 여행자는 그래서
땅을 읽는 독서가입니다.

  어떤 책이 전혀 다른 책과 한 봉우리에서 만나고, 언어가
다른 어떤 저자의 생각이 다른 저자와 통하는 길목에 서는 일도
황홀합니다. 한 권의 훌륭한 책은 열 갈래 다른 독서의 시작이라
했던 말처럼, 책과 책 사이에도 길이 있고 산맥이 있으며 유유히
흐르는 바다가 있다는 걸 깨닫게 됩니다. 그러니 책을 읽는 사람은
진지한 여행자이기도 합니다.

'여행'과 '책'의 만남을 꾀했던 졸저 『여행자의 독서』를 세상에
내놓고도 여전히 두 행위가 가진 닮음에 놀라곤 합니다. 이번에는
'문장'을 통해서였습니다. 소중하게 읽어 내려간 책에 밑줄을 긋듯이
여행을 통해 땅을 읽어나가며 땅 위에 밑줄을 긋고 다녔습니다.
밑줄을 긋는다는 것은 그 생각이나 길이 나와 깊은 관계를 맺는다는
것이고, 그 찬란한 순간을 꼭 붙잡겠다는 것이며, 잠시 마음을
뒤흔든 감동 속에 조금 더 오래 머물고 싶다는 것입니다.
　　　책장에 연필로 밑줄을 긋듯, 땅 위에 밑줄을 긋는 데에는
낡은 카메라 한 대와 작은 수첩 한 권이면 충분했습니다.
책 한 권, 카메라 한 대, 자그만 수첩 하나. 이 셋만 가방에 있으면
막강입니다. 이 세 가지만 있으면 가난하면서도 높은 여행자,
행복한 순례자가 될 수 있습니다.

　　　책에는 따로 포함시키지 않았지만, 지난 무수한 여행에서
만난 문장 중 가장 값진 것은 어머니와 여행할 때 그녀의 입에서
툭툭 내뱉어지던 구수한 방언에 있었습니다. 언제 어디를 함께
여행하며 그 말들이 뱉어졌는지 모르지만 가령 이런 것들입니다.
"거지 줄 건 없어도 도둑 가져갈 건 있다고 하잖어" "독사한테
물리고 율매기(뱀의 일종) 패 죽인다고 말여", "잔칫집에서 국수
열 그릇 얻어먹고 문지방 넘다 넘어져, 어구 배 다 꺼졌네 하더래"
"사촌네 가는 것보다 가을 산에 가는 게 더 좋다고들 했어"
"먼 길 가는 사람은 눈썹도 떼놓고 가는 법이여" 등등. 함께하는
여행이 아니었다면 어떻게 이런 생생한 말씀을 들을 수 있었을까.

어디 어머니뿐입니까? 길에서 만난 사람, 함께 길을 걸은
사람에게서 세상의 떠도는 말을 엿듣고 채집해 오는 것이야말로
땅에 밑줄 긋고 다니는 자만이 얻을 수 있는 보물입니다.
가장 아름다운 밑줄은 세상 사람들이 저마다의 삶 속에서
품게 된 가슴속 말에 있는 것이 아닐까 싶습니다.

  돌이켜보면 저에겐 두 번의 학창시절이 있었던 것
같습니다. 왜 공부를 해야 하는지 모르게 무언가 거대한 타자가
시키는 대로 학업을 쫓던 학창시절과, 진정 마음으로부터
우러나오는 호기심에 못 이겨 앎을 쫓던 학창시절, 그렇게 두 번.
오랜 여행의 시간이 이를테면 두번째 학창시절인 셈이고 그 시절은
지금도 진행중입니다. 여행의 학창시절을 통해 저는 첫번째
학창시절에서 재미와 의미를 찾지 못했던 많은 것들을 새롭게
알아가는 즐거움을 맛보았습니다. 역사, 지리, 정치, 철학, 문학,
언어, 음악, 예술 등등. 비록 어느 것 하나 깊은 곳까지 도달하지는
못했지만 그 학문과 지식이 왜 우리에게 의미가 있는지
알려준 것이 많은 여행이고, 그 여행과 함께한 책들입니다.
가장 좋은 학교는 늘 길 위에 있는 것입니다.
  여행에 서원誓願을 세워 세상을 떠돌아다닌 지 이십여 년.
남보다 더 잘할 수 있는 것이 없었는데 부질없이 다닌 여행이
차곡차곡 쌓이다 보니 차츰 어떤 무게와 의미를 갖게 되었습니다.
여행만큼은 남보다 좀더 많이, 좀더 깊이 해보자며 허구한 날
길 위에 서 있었습니다. 학자는 학문으로 얘기할 수밖에 없고,

시인은 시로 얘기할 수밖에 없으며, 가수는 노래로, 사랑에 빠진 청년은 꽃으로 얘기할 수밖에 없다면 나는 이 세상에 무엇으로 내 얘기를 할 수 있을까? 그것이 내겐 여행이 아닐까. 여행이 천형이 된 양 힘겨울 때도 있었지만 그때마다 지치지 않기 위해, 게을러지지 않기 위해 종종 주변 사람에게 이렇게 얘기하며 다녔습니다. 지금까지 다닌 모든 여행은 앞으로 떠날 여행의 답사에 불과했다고.

여행과 독서는 달려들수록 욕망이 줄기는커녕 더 많은 갈증이 생긴다는 점에서도 비슷합니다. 두 권의 『여행자의 독서』를 낸 뒤 다시 배낭을 꾸려 다닌 여행과 탐독한 책들, 여기저기 지면에 연재한 글을 이 책에 묶었습니다. 흩어진 글을 새로운 책으로 묶어주신 북노마드 윤동희 대표님과 값진 격려의 말씀을 써주신 하성란 작가님께 말로 다할 수 없는 감사를 드립니다.

2016년 여름,
이희인

7

떠나기 전

여행으로
나를 이끈
문장들

"걸을 때마다 나 자신과 내가 배워온 세계의 허위가 보였다."

– 후지와라 신야, 『인도방랑』에서

어느 해 인도 여행에서 나는 그렇게 들었다. 1970년대 일찌감치
인도와 티베트를 여행한 일본 작가 후지와라 신야의 책을
통해서였다. 인도는 내게도 그런 땅처럼 보였다.
내 허위, 내가 서 있는 자리, 내 갈 길을 보여주는 곳,
나도 모르게 몸에 밴 거짓을 드러내주는 곳.
인도는 늘 깊었다.

"
_____ _____

_____

_____
"
_____ _____

_____

_____

_____

_____

_____

네팔 룸비니, 『싯다르타』

이와 같이
나는 들었다

"이보게, 고빈다, 내가 얻은 생각들 중의
하나는 바로, 지혜라는 것은 남에게 전달될 수
없는 것이라는 사실이네. 지혜란 아무리
현인이 전달하더라도 일단 전달되면 언제나
바보 같은 소리로 들리는 법이야. (중략)
지식은 전달할 수가 있지만, 그러나 지혜는
전달할 수 없는 법이야."

헤르만 헤세, 『싯다르타』에서

인도 바라나시에서 탄 밤기차는 인도와 네팔의 국경 도시
고락푸르에 이른 아침 여행자를 내려놓았다. 역 앞에 대기하던
지프의 운전수들은 꽤 단호해서 차를 탈 테면 타고 말 테면
말라는 식이었다. 지프를 놓치면 네팔로 넘어가지 못할 거라고
으름장까지 놓았다. 인도, 네팔 여행에서 이런 고자세는
뜻밖이었다. 하는 수 없이 몇몇 외국 여행자 틈에 끼어 지프의
좁은 뒷자리 하나를 얻었다. 지프가 한참을 달려가서야 인도와
네팔의 국경 사무소 앞에 여행자들을 부려놓았다. 국경을 넘어가는
일은 시시했다. 자그만 콘크리트 아치 문을 지나자 지나온 땅은
인도요 시작된 땅은 네팔이었다. 문을 넘기 전 인도 국경 사무소의
커다란 노트에 간단한 신상 정보를 몇 글자 적었고, 네팔로 건너온
다음에도 비슷한 내용의 몇 글자를 적었다. 긴장감 따위라곤
전혀 없는 시시한 국경 통과였다. 목적지가 비슷한 여행자를
따라 인근 정류장에서 버스를 탔고 중간에 내려 룸비니행
버스를 갈아탔다. 그렇게 12년 만에 만나는 룸비니였다.

네팔 룸비니, 『싯다르타』

이와 같이
나는 들었다

샤카釋迦 족 왕자로 태어나 훗날 세계적인 종교를 일으킨 고타마 싯다르타의 탄생지인 룸비니에서는 다른 숙소에 묵을 이유가 없었다. 한국 사찰인 대성석가사는 룸비니에서도 꽤 오래된 절인 데다 시설도 번듯하며 아낌없는 공양을 베푸는 곳으로 유명했다. 12년 전 첫 여행에서도 그 절에 여장을 풀고 사흘을 묵었었다. 그땐 그 큰 절집에 묵은 여행자가 나를 포함해 두어 명 밖엔 안 됐는데 십수 년 만에 찾으니 세계 각지에서 온 여행자들로 몹시 붐볐다.

붓다의 탄생지인 룸비니에서 헤르만 헤세의 『싯다르타』만큼 제격인 소설이 있을까 싶다. 불교 경전이나 철학서는 그 서술이나 사유 방식 때문에 읽기가 쉽지 않다. 『싯다르타』는 기묘한 소설이었다. 읽기 전에는 이 소설이 BC 624년 룸비니에서 태어난 샤카 족 왕자 싯다르타의 충실한 평전 소설일 거라 지레 짐작했다. 그렇게 책을 펼쳐 들었는데 헤세는 안일한 독자의 뒤통수를 죽비로 한 대 내려쳤다. 『싯다르타』는 실존 인물인 고타마 싯다르타의 평전은 아니지만, 그 실존 인물이 등장하기도 하려니와 주인공이자 화자인 '싯다르타'는 전혀 다른 사람으로 설정되어 있다. 역사적 인물인 싯다르타의 이야기도 아니면서 그렇다고 그의 이야기가 아닌 것도 아닌, 기묘한 소설이 헤세의 『싯다르타』다.

대성석가사에서 네팔식 커리와 시래깃국이 조화된 공양을 했고, 절집 객실에서 차분히 책을 읽다가 오후에는 룸비니 마을을 돌아다녔다. 싯다르타가 마야 부인의 옆구리에서 태어난 자리로 추측되는 기념관에 들어가 그 성스러운 땅을 알현했다. 기념관 주변에는 세계 각처에서 모여든 승려와 신자들이 저마다 평화로운 수행 삼매경에 빠져 있었다. 미혹함 없이 스스로, 진리를 등불 삼으라는 '자등명 법등명自燈明 法燈明'의 유언을 남긴 싯다르타의 출발점이 바로 그 땅이었다.

네팔 룸비니, 『싯다르타』

이와 같이
나는 들었다

엄격한 기독교 분위기가 팽배했던 남부 독일의 칼브 출신이지만, 외조부와 부모 모두 인도에서 선교사 활동을 한 집안에서 태어난 헤세의 운명은 일찌감치 동양과의 만남을 예견하고 있었다. 인도와 동양에 대한 작가의 동경은 평생 그의 작품에 중요한 흔적을 남기고 있다. 어릴 적부터 인도를 꿈꾸어온 헤세는 결국 1911년 배를 타고 인도로 여행을 떠난다. 그러나 그를 기다린 것은 무더위와 열악한 환경, 악화된 건강과 밀려드는 환멸뿐이었다. 결국 인도 땅은 밟지 못하고 스리랑카와 인도네시아, 싱가포르 등을 밟았을 뿐이다. 하지만 인도에 대한 그의 동경은 멈추지 않고 지속되어 대표작『싯다르타』『유리알 유희』등에 그림자를 짙게 남기고 있다. 오랫동안 동양을 향해 손을 뻗어온 서양 문학은 헤세에 와서야 비로소 온전하게 동양을 만난 듯하다.

　　　룸비니에서 하루를 더 묵고 수도 카트만두로 향했고 한 달 넘게 네팔을 여행했다. 그러곤 세월이 많이 흘렀다. 2015년 네팔의 대지진 소식은 여행자의 마음을 무겁게 했다. 히말라야 산중에서 만난 아이들의 웅숭깊은 눈망울이 마음을 울렸고, 룸비니에 가득 모여 있던 평화가 떠올랐다. 소박하고 가난한 사람의 땅에 찾아온 재앙은 부당하다는 생각마저 들었다. 부디 평화.

스님은 지나칠 정도로 구도의 길을 걷고 있는 것은 아닐까요?
구도 행위에 너무 매달린 나머지 깨달음에 이르지 못하는 것은
아닌지요? (중략) 누군가 구도를 할 경우에는 그 사람의 눈은
오로지 자기가 구하는 것만을 보게 되어 아무것도 찾아낼 수
없으며 자기 내면에 아무것도 받아들일 수 없는 결과가 생기기
쉽지요. 그도 그럴 것이 사람은 오로지 항상 자기가 찾고자
하는 것만을 생각하는 까닭이며, 그 사람은 하나의 목표를 갖고
있는 까닭이며, 그 사람은 그 목표에 온통 마음을 빼앗기고
있는 까닭이지요.

헤르만 헤세, 『싯다르타』에서

친구와
함께 가는 데
먼 길은
없다

나는 내 관심을 끄는 사람들을 만나면
항상 그랬던 것처럼 휘청거리며 그들을 쫓았다.
왜냐하면 내게는 오로지 미친 사람,
즉 미친 듯이 살고, 미친 듯이 말하고,
미친 듯이 구원받으려 하고, 뭐든지 욕망하고,
절대 하품이나 진부한 말을 하지 않으며,
다만 황금빛의 멋진 로마 꽃불이 솟아올라
하늘의 별을 가로지르며 거미 모양으로
작렬하는 가운데 파란 꽃불이 펑 터지는 것처럼,
모두 "우와!" 하고 감탄할 만큼 활활
타오르는 그런 사람만이 존재했기 때문이다.

잭 케루악, 『길 위에서』에서

미국 대륙 횡단 여행, 『길 위에서』

친구와 함께 가는 데
먼 길은 없다

할리우드 영화에 종종 등장하는, 엄청나게 커다란 트럭을 운전하는 친구가 있다. 대여섯 해 전 미국으로 이민 간 녀석이 어렵게 딴 면허증으로 시작한 일이 바로 트럭을 모는 일이다. 어릴 적 텔레비전과 영화에서 그 트럭을 본 순간, 녀석은 가슴속에 꿈 하나가 더럭 생겨버렸다고 했다. 어른이 되면 그 트럭 운전자가 되어 미국을 종횡무진하며 살겠다고. 그러니 녀석은 꿈을 이룬 셈이었다. 그 친구가 전화와 전자우편을 통해 일상을 열심히 살아가는 나를 꼬드겼다. 미국으로 넘어오면 자신의 트럭으로 제대로 대륙 횡단 여행을 시켜주겠다고. 매혹적인 제안이 아닐 수 없었다. 오로지 그런 친구를 둔 사람만이 가능한 여행이 아니겠는가. 벼르고 별러 시간을 냈고 마침내 친구를 만나러 태평양을 건넜다.

미 대륙의 광활함을 만끽하는 데는 대중교통보다는 자동차나 모터사이클 여행이 적합할 거라는 상상은 오래전부터 해왔다. 〈이지 라이더〉나 〈파리, 텍사스〉, 〈델마와 루이스〉 같은 미 대륙을 배경으로 한 로드무비들이 그랬고, 그 영화들의 모티프가 된 잭 케루악의 소설『길 위에서』가 그런 상상을 심어 놓았다. 그래서였을까, 그 여행에『길 위에서』만큼 좋은 동행은 없을 듯싶었다.

『길 위에서』는 소설의 내용으로나 소설이 창작된 과정, 소설이 당대에 미친 영향 등 수많은 화제와 이야깃거리를 남겼다. 작가 케루악이 실제로 제2차 세계대전 직후, 친구인 윌리엄 버로스와 앨런 긴즈버그, 닐 캐시디 등의 예술가들과 미국 서부, 멕시코 등지를 여행한 경험을 바탕으로 집필한 소설은 단숨에 쓰인 듯 거침없는 에너지를 발산한다. 마약과 술, 음악과 섹스에 열광하는 젊은 주인공들이 히치하이킹과 도보를 통해 미 대륙을 서너 차례 횡단하는 여정이 담긴 소설의 내용 자체가 일단 강렬하게 다가온다. 작가가 벤제드린 같은 약물에 의존해 엄청난 분량의 소설을 단 3주 만에 써내려갔다든가, 타자기에 종이를 갈아 끼울 시간조차 아까워 종이를 이어붙인 36미터 두루마리에 써내려갔다는 이야기, 출판사를 찾지 못하다가 1957년 간신히 출판된 후 폭발적인 반응을 얻게 된 이야기 등은 문학사에 유례를 찾기 힘든 전설로 남았다. 책은 제2차 세계대전 뒤 갈 길을 잃은 서구 문명과, 당시 방황하는 젊은 세대를 일컫는 '비트 세대'의 바이블로 떠받들어졌으며, 1960년대 히피 운동에도 큰 영향을 미쳤다. 약물에 의존해 써내려갔다는 몽롱한 소설이 친구의 트럭 안에서도 거침없이 읽혔다.

친구와 함께 가는 데
먼 길은 없다

여행으로 나를 이끈 문장들

미국 대륙 횡단 여행, 『길 위에서』

친구와 함께 가는 데
먼 길은 없다

빌딩 하나를 눕혀놓고 달리는 듯 엄청난 크기를 자랑하는 친구의 트럭은 나를 압도했다. 그걸 능숙하게 몰고 가뿐하게 주차까지 하는 친구 녀석이 새삼 멋져 보였다. 그런 트럭들이 한데 모여 하루 일과를 마치고 정차해 쉬고 잠을 자게 되어 있는 시 외곽의 트럭스톱에서 밤을 보내거나, 깊은 자연에 마련된 휴게소에서 잠을 잤다. 그러곤 아침이 되면 다시 길을 나섰다. LA를 출발해 미국의 가장 황량한 주인 네바다 주와 기암과 절경의 유타 주를 건너는 동안 내 눈은 좀처럼 책에 집중할 수 없었다. 창밖의 망망하고 황홀한 자연에 내내 경탄할 뿐이었다. 그 광활한 대륙은 무엇보다 마음이 맞는 친구와 함께 건너야 할 것 같았다. 그 옛날 비트 세대 작가들이 그랬듯이. 많은 대륙 여행자들의 그랬듯이. 친구와 함께 가는 데 먼 길은 없는 법이다.

　　1차 목적지 덴버에 짐을 내려놓고, 두번째 짐을 받아 미국 남단의 도시인 휴스턴으로 향했다. 우리가 달린 콜로라도와 오클라호마 주는 가없는 지평선의 땅이었다. 바람같이 달린 트럭은 마침내 목적지인 항구 도시 휴스턴에 닿았다. 거기서 우리의 여행도 마침표를 찍어야 했다. 이틀을 트럭스톱에서 보낸 뒤 비가 부슬부슬 내리던 아침 나는 비행장으로 향했고 녀석은 동부 쪽 화물을 받아 떠났다. 고향으로 돌아가는 나와는 달리 녀석은 다시 광활한 길을 혼자 외롭게 뚫고 나가야 하리라.

일주일가량 함께 다녔는데 돌이켜보니 멋진 여행이었다.
시詩와 같은 여행이 있다면 꼭 그런 여행일 것이다. 『길 위에서』
같은 책을 쓰는 데에도 몽롱함 속에 단숨에 써내려간 방법이
옳았을지도 모른다. 그 역시 시와 같은 여행이었을 터이니.
많은 여행을 해봤지만 두고두고 마음에 새겨지는 여행은 많지
않다. 트럭을 타고 친구와 함께 광활한 대륙을 가로지른,
그 정도 여행이 아니라면 말이다.

친구와 함께 가는 데
먼 길은 없다

미국 대륙 횡단 여행, 『길 위에서』

내 옆에 앉아 있는 것은 바로 서부의 정신이었던 것이다.

나는 날것 같은 그의 거친 삶 전체를, 웃고 소리치는 일 말고

그가 일평생 도대체 뭘 하며 살아왔는지를 알고 싶었다.

야호, 나는 내 영혼의 떨림을 느꼈다.

잭 케루악, 『길 위에서』에서

어렸을 때 그는 어떤 부랑자가 어머니에게 다가와서

파이 한 조각을 구걸해 얻어가는 모습을 봤다.

부랑자가 길 저쪽으로 사라진 후 어린 그가 물었다.

"엄마, 저 사람 누구야?" "응, 부랑자란다."

"엄마, 나도 나중에 부랑자가 되고 싶어."

"쓸데없는 소리, 해저드 가문에 그런 사람은 없어."

하지만 그는 결코 그날을 잊은 적이 없었고, 어른이 되자

루이지애나 주립 대학교에서의 짧은 미식축구 선수

생활 후 정말로 부랑자가 됐다.

잭 케루악, 『길 위에서』에서

친구와 함께 가는 데
먼 길은 없다

창문 넘어
도망친
21세기의
돈키호테

그는 수상이 좌파와 우파 중 어느 쪽인지도
몰랐다. 어쨌든 둘 중 하나이리라 생각했다.
왜냐하면 그는 삶의 경험을 통해
세상 사람들이란 좌파 아니면 우파를
고집한다는 사실을 알게 되었기 때문이다.

요나스 요나손,
『창문 넘어 도망친 100세 노인』에서

프랑코, 장개석, 모택동, 스탈린, 트루먼, 아인슈타인, 후루시초프, 드골, 존슨, 닉슨, 브레즈네프, 카터, 김일성, 그리고 김정일 등등. 이 인물들의 공통점은? 20세기를 이끌어간 사람들? 맞는 말이지만 원하는 답은 아니다. 자본주의와 공산주의의 지도자들? 몇몇 사람은 해당하지 않으니 역시 원하는 답은 아님. 그냥 20세기에 유명했던 사람? 뭐, 그 정도라면 이 모호한 일군의 사람들을 한데 묶을 법도 하다. 정답을 말하자면, 이들의 공통점은 한 편의 유쾌한 소설에 함께 등장하는 인물들이라는 것. 단지 소설의 시대적 배경에 인용되는 형식으로 등장하는 것이 아니라 이 모든 사람과 함께 술을 마시거나, 동지이거나 적이거나 은인이 된 한 사람을 통해 뚜렷한 캐릭터로 등장한다는 것. 그런 소설이 가능할까? 스웨덴의 늦깎이 소설가 요나스 요나손의 데뷔작『창문 넘어 도망친 100세 노인』이 그런 소설이며 주인공 알란 칼손 씨가 그런 사람이다.

수수께끼 같은 삶을 살았던 알란 칼손 씨가 양로원에서 100세 생일을 맞아 창문을 넘어 도망치면서 시작되는 상상 불허의 이야기는 두 개의 스토리가 나란히 교차하며 진행된다. 하나는 양로원을 탈출한 그가 우연히 조직폭력배의 거액이 든 돈 가방을 훔치면서 벌어지는 포복절도할 만한 '현재'의 해프닝을 담고 있고, 다른 하나는 100세를 살아오며 그가 겪은 어마무시한 '과거'의 인생 무용담이 그것이다. 두 이야기 모두 격심한 복통을 일으킬 정도로 독자를 웃기면서 작가의 거침없는 상상력과 입담에 감탄하게 만든다.

1905년 스웨덴의 시골마을에서 태어난 알란 칼손 씨가 우연히
폭약전문가가 된 것을 계기로 스페인 내전에서 독재자 프랑코를
구출하고 미국으로 건너가 원자폭탄 개발에도 참여하는가 하면
20세기 가장 굵직한 사건인 중국 혁명과 한국전쟁, 냉전의
한가운데를 휘젓고 다닌 무용담에 와서는 작가의 해박한
지식과 식견은 물론, 그것을 엮어낸 상상력에 혀를 내두르게
마련이다. 누군가의 말마따나 주인공 알란 칼손은 '본의 아니게
세계 역사를 쥐락펴락'한 인물이 된 셈이다. 너무나도 익살맞은
문체에 등장인물은 하나같이 만화 주인공처럼 유쾌하며 사건은
어처구니없지만 설득력이 있다. 생각보다 행동이 앞서는 주인공
알란 칼손 씨는 가히 서구 문학사의 위대한 영웅 '돈키호테'의
귀환이라 할 만하다. 이 책이 우리나라에서도 특히 어필한
점은 주인공이 한국전쟁에도 찾아왔으며, 그가 만난 김일성,
김정일 부자가 꽤 흥미로운 캐릭터로 희화화된 까닭일 것이다.
그들뿐이랴. 스탈린, 프랑코, 트루먼, 모택동, 처칠, 드골 등의
정치 지도자에 대한 예외 없는 희화화는 독자에게 무한한
카타르시스를 제공한다.

스웨덴 스톡홀름, 『창문 넘어 도망친 100세 노인』

창문 넘어 도망친
21세기의 돈키호테

기자를 거쳐 미디어 업에 오래 몸담아온 연륜답게 작가는
20세기를 꿰뚫는 지적인 통찰과 대중을 사로잡는 문재를
발휘한다. 이 책을 보면서 내내 궁금해졌다. 스웨덴의 무엇이
이런 기상천외, 유쾌발랄, 천의무봉, 어마무시한 상상력과
입담을 가능하게 한 것일까? 도대체 다음과 같은 촌철살인의
풍자와 통찰력은 어디에서 나오는 것일까?

"맛있는 음식을 먹고 싶다면, 요리 중에 식품안전청이
 끼어들지 못하게 하라."

요나스 요나손, 『창문 넘어 도망친 100세 노인』에서

알란은 왜 17세기 사람들은 서로를 죽이려고 그렇게 애를
썼는지 이해할 수 없다고 말했다. 조금만 더 진득하게 기다리면
결국 다 죽게 될 텐데.

요나스 요나손, 『창문 넘어 도망친 100세 노인』에서

스웨덴에는 스톡홀름에서만 나흘을 머물렀을 뿐이다. 경찰과 조폭에게 쫓기는 100세 노인 일행들은 스웨덴 전역을 종횡무진 누비고 다녔지만, 여행자는 북구의 오로라가 자꾸만 아른거려 스톡홀름을 천천히 즐기다가 곧바로 노르웨이 북단의 도시로 향했다. 수많은 섬으로 이뤄진 스톡홀름에서 감라스탄과 유르고덴 등의 섬을 하나씩 산책하는 사이 나흘은 금방 지나갔다.

스웨덴은 영화배우 잉그리드 버그만과 그레타 가르보의 나라다. 『말괄량이 삐삐』와 이케아의 나라, 노벨상과 다이너마이트를 만든 노벨의 나라이기도 하다. 한 시대를 풍미한 그룹 아바ABBA도 스웨덴의 자랑이다. 그 화려한 목록에 이제 요나스 요나손이란 이름을 덧붙여야 하지 않을까?

역자가 말했듯 『창문 넘어 도망친 100세 노인』은 끝이 다가올수록 섭섭함을 금할 길 없는 소설이다. 이 책은 지리와 역사, 정치를 즐겁게, 저절로 공부하게 만든다. 역사의 현장 한가운데에 서서 본의 아니게 역사의 물꼬를 뒤바꾼 코믹한 인물의 모티프는 영화나 소설에 자주 등장해왔다. 영화 〈포레스트 검프〉가 그랬고 우리 영화 〈국제시장〉도 이러한 영화에 속할 것이다. 체코 작가 하셰크의 전설적인 소설 『착한 병사 슈베이크』가 이러한 플롯의 원조로 알려져 있다. 스웨덴에 가본 사람도, 가보지 않은 사람도 즐겁게 읽을 만한 소설이다. 북유럽 소설의 약진에 주목해볼 일이다.

스웨덴 스톡홀름, 『창문 넘어 도망친 100세 노인』

창문 넘어 도망친
21세기의 돈키호테

인도라는
기이한 책을 읽는
방법

"얘야, 사랑을 네 유일한 벗으로 삼거라.
이 우주를 지탱하는 것은 사랑이니 말이다.
네가 이 세상에서 볼 수 있는 것은 모두 사랑이
다르게 구현된 것이니, 불은 사랑의 열기,
흙은 사랑의 토대, 바람은 사랑의 덧없음,
밤은 사랑이 꿈꾸는 상태, 낮은 사랑이
깨어 있는 상태이니라."

쿠쉬완트 싱, 『델리』에서

"걸을 때마다 나 자신과 내가 배워온 세계의 허위가 보였다"

- 후지와라 신야, 『인도방랑』에서

어느 해 인도 여행에서 나는 그렇게 들었다. 1970년대 일찌감치 인도와 티베트를 여행한 일본 작가 후지와라 신야의 책을 통해서였다. 인도는 내게도 그런 땅처럼 보였다. 내 허위, 내가 서 있는 자리, 내 갈 길을 보여주는 곳, 나도 모르게 몸에 밴 거짓을 드러내주는 곳. 인도는 늘 깊었다.

그런데 왜 그리 흉흉해졌는지 모르겠다. 요즘 심심찮게 좋지 않은 뉴스들이 그 땅 인도로부터 전해지고 있다. 여성 여행자에 대한 성폭행 사건이 들려오는가 하면, 종교와 사상이 다른 사람들에 대한 무자비한 학살과 폭행 소식도 들려온다. 인도의 매력에 흠뻑 빠져 아예 인도 전문 여행사까지 차린 지인의 한숨소리가 깊어지고 있다. 무엇이 이 위대한 여행자의 땅을 삭막하고 기피해야 할 곳으로 전락하게 한 것일까?

인도는 모든 면에서 깊다. 젊은 날 인도를 다녀와 삶이 바뀌어버린 사람들을 한두 번 본 게 아니다. 더러는 인도 병이 너무 심각해져서 고향으로 돌아오지 않고 그 땅에 정착한 사람들도 몇 명 알고 있다. 1960년대 중반, 잘 나가던 '비틀스' 멤버들이 이 나라를 찾아 몇 개월 머물며 새로운 영감을 얻기도 했거니와 (인도 악기 시타르를 처음으로 도입한 〈Norwegian Wood〉 같은 곡도 그렇게 탄생했다), 스티브 잡스도 젊은 날 이 땅을 찾아 히피처럼 떠돌아 다녔다고 했다. 두 차례 세계대전을 겪은 위기의 서양이 출구를 찾지 못해 헤매고 있을 때, 많은 젊은이들은 석양에 물드는 인도의 해변과 몽롱한 마리화나 속으로 도피하거나, 아쉬람과 사원을 찾아 삶과 세상의 대안을 구했다. 1960~70년대 서구 저항문화의 상징인 히피는 그렇게 탄생했다.

인도라는 기이한 책을
읽는 방법

정신적, 영적인 땅답게 인도는 묵직한 영감의 책들을 많이 잉태한 땅이기도 하다. 수백, 수천 년 지혜가 담긴 불교, 힌두교 경전은 차치하더라도 오늘날 문학 작품도 주목할 만하다. 노벨 문학상보다 대중적이고 재미있는 책들을 선정해온 영국 맨부커 문학상 최근 수상자들에서도 인도 소설가들의 이름이 꽤 보인다. 아룬다티 로이의 『작은 것들의 신』을 비롯해, 역대 맨부커 수상작에서도 최고의 작품으로 꼽히는 살만 루슈디의 『한밤의 아이들』, 아라빈드 아디가의 『화이트 타이거』, 키란 데사이의 『상실의 상속』 등이 그 수상작들이다. 땅의 열기만큼이나 뜨겁고, 커리 맛처럼 메케하고도 몽롱한 삶이 그 속에 깃들어 있다.

그 책과 저자들을 더듬어 올라가다보면 우리는 곧 그의 책을 만날 수 있다. 인도 최고 소설로 일컬어지는 쿠쉬완트 싱의 『파키스탄행 열차』가 그것. 영국 식민지 치하를 벗어나면서 벌어진 극단적인 종교 갈등과 비극이 제3세계 보편의 역사를 증언하듯 깊은 공감과 감동을 전해준다.

최근엔 쿠쉬완트 싱의 대표작인 『델리』가 다시 번역돼 출간되었다. 국내 번역가 가운데 가장 신뢰하는 황보석의 번역은 한번 잡은 책을 놓지 못하게 했다. 근현대에 와서야 비로소 통일국가의 면모를 갖춘 인도 대륙에서, 특히 수도 델리를 중심으로 한 1천 년 역사를 무수한 승려와 시인, 왕을 주인공으로 삼아 풀어간 소설은 살만 루슈디나 가브리엘 마르케스의 '마술적

리얼리즘'을 일찌감치 연상시킨다. 거기에 남자와 여자의 성기를
동시에 가지고 있는 (반남성 반여성의) '남녀추니' 바그마티는
인도 역사를 관통해온 다양한 갈등을 상징하고 암시한다.

그러나 이 소설의 주인공은 1천여 년 전 델리에 살았던 시인이자
예언자인 니자무딘을 필두로, 칭기즈 칸에 버금가는 활약으로
중앙아시아로부터 인도까지 점령한 정복자 티무르, 무굴제국의
빛나는 황제들이었던 자항기르, 샤자한, 아우랑제브 등이며,
그들에 관한 정사와 야사가 전설과 기록, 픽션의 형식으로
펼쳐진다. 책의 중후반에는 '세포이의 난'으로 촉발된 무굴제국의
멸망과 영국의 침략, 독립 영웅 간디의 활약과 암살, 그리고
1984년 시크교도에 의한 인디라 간디 총리의 암살에까지
파란만장한 인도의 역사가 이어진다. 인도의 역사를 진실과
허구 양면을 통해 알게 되는 책이다. 다소 낯선 역사인 듯싶지만
신비스럽고 긴장감 넘치는 수많은 역사의 이야기를 통해 책 읽는
재미가 배가된다. 그 중심에는 늘 '델리'라는 도시가 있다.

그것이 델리였다. 삶이 너무 힘겨워질 때면 니감보드 가트
화장터로 가서 죽은 자가 불길에 휩싸이는 것을 지켜보고 그의
가족이 울부짖는 소리를 들으며 한 시간을 보내기만 하면 되었다.
그런 다음에는 집으로 돌아와 위스키를 두어 잔 털어넣었다.
델리에서는 죽음과 술이 인생을 살 만하게 해주었다.

쿠쉬완트 싱, 『델리』에서

힌두교, 이슬람교, 시크교, 예수교.
바라트 메인 하인 바이바이 (인도에서는 그 모두가 형제)

쿠쉬완트 싱, 『델리』에서

불을 뿜어댈 것만 같은 지혜의 책을 가지고 용광로처럼
끓어오르는 대륙으로 다시 날아갈 수 있다면. 거기서 거지와 승려,
호객꾼, 경찰, 창녀, 수도사들 속에서 길을 잃을 수 있다면.
그런 용기를 갖고 떠날 수만 있다면 나는 아직 젊음의 한가운데에
있는 것이다.

인도라는 기이한 책을
읽는 방법

쿠바 아바나, 『노인과 바다』

포히토에
헤밍웨이를
곁들이는 맛

그는 멕시코 만류에서 조각배를 타고 혼자 고기잡이를 하던 늙은이였다. 한 마리도 낚지 못한 날이 84일이나 계속되었다.
처음 40일간은 소년 하나가 노인과 함께 있었다. 그러나 한 마리도 낚지 못한 날이 40일이나 계속되자, 소년의 부모는 이제 노인은 완전히 '살라오'가 된 것이라고 말했다. '살라오'란 스페인 말로 최악의 사태를 뜻하는 말이다.

어니스트 헤밍웨이, 『노인과 바다』에서

쿠바 아바나, 「노인과 바다」

모히토에 헤밍웨이를
곁들이는 맛

어떻게 죽고 싶은가, 라는 뜬금없는 질문에 에릭 클랩튼이었던가,
한 유명 가수가 '낚시하다가'라는 대답을 했던 걸로 기억한다.
월든 호숫가에 오두막집을 짓고 살았던 헨리 데이빗 소로우도
'천국에 갈 것인가, 낚시하러 갈 것인가' 하는 짤막한 글을 어딘가에
남겼다. 사냥의 짜릿함이나 흥분은 잘 모르지만 낚시의 쾌감에
대해선 나도 종종 경험하는 일이다. 가을마다 갈치낚시와 주꾸미
낚시를 한 번씩 해야 가을을 잘 보낸 것만 같다.

　　　　결코 도달할 수 없는 사람이라 하더라도, 젊은 날부터
내게 롤 모델인 인물을 물으면 주저 없이 미국의 소설가
헤밍웨이를 말했다. 작가이되 무엇보다 행동하는 사람이었고,
다양하고 무모한 삶의 경험 속으로 과감히 뛰어든 용감한
사람이었으며 진정한 의미의 여행자였다. 최고의 전성기를
구가하던 미국 자본주의의 물질적 배경을 당연히 염두에 두어야
하겠지만 헤밍웨이의 지칠 줄 모르는 에너지와 낭만적인 삶,
작가정신은 늘 우러러 보이기만 했다. 그의 인간성이나 복잡한
사생활, 문학적 재능에 대해선 의견이 분분하지만, 전장 안으로까지
뛰어들어 전쟁의 경험을 작품으로 남겼고, 아프리카의 초원을
누비며 사냥을 즐겼으며, 노년에는 수년 간 쿠바에 머물며 낚시와
집필에 열중했던 작가 헤밍웨이. 그런 사람이 최고의 영예인 노벨
문학상까지 수상했다니! 이 정도면 거의 신이 특별히 편애한
행운아가 아닐까 하는 생각마저 든다.

모히토에 헤밍웨이를
곁들이는 맛

쿠바의 수도 아바나의 한 박물관에서, 쿠바의 혁명 영웅인 피델 카스트로와 당시 쿠바에 머물던 헤밍웨이가 함께 찍힌 1950년대 사진을 본 적 있다. 영화배우 리암 니슨을 빼닮은 젊은 혁명가 카스트로와 멋지게 나이든 헤밍웨이는 서로의 턱수염을 자랑하듯 밝고 환하게 악수하며 웃고 있었다. 쿠바 혁명으로 인해 미국과 국교가 단절되기 이전의 사진인 듯했다.

쿠바에 가봤다는 것만으로 한동안 나는 제법 여행 좀 해봤노라고 자랑하고 다닐 수 있었다. 많은 여행자들이 여러 사정과 까닭으로 쿠바 여행을 쉽지 않게 생각했다. 하지만 이제 쿠바가 우리에게도 좀더 가까워졌다. 미국과 쿠바가 수교를 재개한 일은 여행자에게도 반가운 소식이 아닐 수 없다. 이제 쿠바에 가기 위해 멕시코나 캐나다를 경유하는 불편함 없이 미국 남부 플로리다에서 낭만적인 페리에 올라타기만 해도 될 것이다.

여전히 사회주의 체제를 고수하는 쿠바는 우려했던 것과는 달리 치안도 나쁘지 않고 여행하는 데 불편하지 않았으며 사람들도 거칠지 않았다. 나는 수도 아바나에 며칠 머물다가 아름다운 해안 마을인 트리니다드와 바라데로를 거쳐 혁명가 체 게바라의 무덤이 있는 산타클라라 등지를 돌다가 다시 아바나로 돌아왔다. 살사, 룸바 같은 라틴 댄스와 부에나비스타 소셜 클럽의 가수들이 부른 〈치자꽃 두 송이〉 같은 노래가 여행 내내 따라다녔다. 아바나에서는 헤밍웨이가 생전에 즐겨

찾았다는 카페 구석에서 그가 즐겨 마신 모히토도 한 잔 마시고
나왔는데 아무래도 후회는 남는다. 『노인과 바다』의 배경인
아바나 인근의 코히마르 어촌에 다녀오지 못한 것이 말이다.

초등학생 때였던가? 요약된 세계문학전집 작품 가운데
순전히 그 줄거리만 듣고 감명 받은 소설이 두 편 있다. 하나는
탐욕스러운 전당포 노파를 정의의 이름으로 살해한 창백한
법대생의 이야기인 『죄와 벌』이었고, 다른 하나는 84일 동안
물고기를 못 잡던 어부 노인이 마침내 대어를 낚았는데 상어 떼를
만나 빈손으로 돌아온다는 『노인과 바다』였다. 그 이야기들을
듣고 처음 '문학'이라는 가슴 설레는 영토가 저 너머 어딘가
있을 거라 어렴풋이 짐작했던 것 같다. 어른이 된 지금도
그 소설들의 이야기는 여전히 설렌다.

헤밍웨이를 생각하며 모히토를 곁들이는 일은 여행에
낭만의 맛을 안겨준다. 여행은 어떠한 잊지 못할 맛을
그리워하는 일. 그런 잊지 못할 맛을 다시 맛보기 위해 짐을 싸는 일.
파리 중심가의 카페 뒤 마고나 카페 뒤 플로르 같은 카페,
셰익스피어 앤드 컴퍼니 서점에서도 헤밍웨이가 있었지.
잊지 못할 아프리카의 초원과 킬리만자로에도 헤밍웨이의
그림자가 드리워져 있었지. 내가 가고 싶고, 살아 있음을 뜨겁게
느끼고 싶은 곳엔 늘 그 사람, 헤밍웨이가 있었다.

70   쿠바 아바나, 『노인과 바다』

킬리만자로는 높이가 1만 9천 7백 10피트나 되는 눈 덮인 산으로 아프리카에서 가장 높은 산이라고 일컬어지고 있다.

킬리만자로의 서쪽 봉우리는 마사이 어로 '누가예 누가이', 즉 신의 집으로 불리고 있다. 서쪽 봉우리 가까운 곳에는 말라붙은 한 마리 표범의 시체가 있다. 그런 높은 곳에서 표범은 무엇을 찾고 있었던 것인지 아무도 설명해주는 사람이 없었다.

헤밍웨이, 『킬리만자로의 눈』에서

그늘을
보기 위해
떠나는 여행도
있다

나는 교토나 나라의 사원에 가서,
고풍스럽게 어둑어둑한 그러면서도 깨끗이
청소된 변소로 안내될 때마다, 정말로
일본 건축의 고마움을 느낀다.
다실도 좋기는 하지만, 일본의 변소는 참으로
정신이 편안해지도록 만들어져 있다. (중략)
한적한 벽과 청초한 나뭇결에 둘러싸여,
푸른 하늘이나 신록의 색을 볼 수 있는 곳은
일본의 변소만큼 알맞은 장소가 없다. (중략)
나는 그런 변소에서 부슬부슬 내리는
빗소리 듣는 것을 좋아한다. (중략)
실로 변소는 벌레 소리에 새소리에 잘, 달밤에도
또 어울리게, 사계절의 때마다 사물이
드러내는 것을 맛보는 데 가장 적당한 장소이고,
아마도 예로부터 시인은 이곳에서 무수한
소재를 얻었을 것이다.

다니자키 준이치로,
『그늘에 대하여』에서

우리 국토에 본격적으로 겨울이 시작될 무렵, 이웃나라에 와 있을
첫겨울을 찾아 배낭을 꾸렸다. 언젠가 무더운 여름에 가보았던
일본 간사이[關西] 지방의 겨울이 간절히 보고 싶었다. 오사카에
도착해 보니 가을이 아직 떠나지 않은 채 눌러 앉아 있었다.
사람들 옷차림도 중후한 외투가 아닌 맵시 있는 가을 차림이고
눈 대신 추적추적 가을비가 내렸다. 12월도 이제 깊어지려는데
그 지역은 이제야 단풍이 제철이었다. 겨울은 못 만났지만
제철 단풍을 보는 것도 그리 나쁘진 않겠다 싶었다.

오사카 난바[難波] 역에 내리자 이내 허기가 몰려왔다.
그러자 머리가 아닌 발걸음이, 생각이 아닌 허기가 가야 할 곳을
내비게이션처럼 안내했다. '일본의 주방'이란 별명에 걸맞게
오사카에는 먹을 것이 많았다. 바다와 들판의 산물이 살지고
무르익은 늦가을에 왔으니 맛난 것이 또 얼마나 많을 텐가.
여름엔 차디찬 사케를 마시거나 목울대를 찢을 듯 차가운 맥주를
즐겼는데 이젠 따끈한 사케가 입에 당긴다. 따뜻한 사케가 제 맛을
갖기 위해 필요한 건 겨울이다.

도톤보리에서 니혼바시로 가던 길에 있던 정든 술집
하나를 어렵지 않게 찾아냈다. 오래전 그 집에서 술을 제법 많이
마셨다. 주방 앞 네모난 솥에는 갖가지 모양의 어묵이 삶아졌다.
예전 그 자리에 흰 가운을 입고 술과 어묵을 건네던 노인이
있었는데 이제 오니 노인 대신 중년의 사내가 서 있었다.

데운 정종에 단품 안주를 맛보다가 불콰해져 사내에게 물었다.
전에 당신이 있던 자리에 한 노인이 있었다고. 그러자 사내는
그 분이 당신 아버님인데 서너 해 전 노환으로 돌아가셨다 했다.
그새 오사카에도 계절이 많이 흐른 것이다. 일상이 아닌 여행지에도
시간은 그렇게 저 혼자 흘러가는 것이다.

　　　일본 교토,『그늘에 대하여』

그늘을 보기 위해
떠나는 여행도 있다

이튿날, 나라奈良를 거쳐 저녁에야 교토에 도착했다. 일본 철도JR 광고 중에 눈이 내려앉은 교토의 절집 풍경은 오래도록 마음에 깊은 잔상을 남겼다. 아마 그 이미지 때문에 한 번도 와보지 못한 간사이의 겨울이 그리워졌을 터다. 눈은 못 만나더라도 피보다 붉은 단풍은 만날 수 있을 테지.

　　교토에서도 단풍이 가장 아름답다는 아라시야마嵐山로 향했다. 기차를 타고 1시간 남짓 가니 아라시야마 역인데 때가 주말이라 상추객賞秋客들로 발 디딜 틈이 없었다. 아라시야마의 중심지인 덴류지天龍寺 경내의 정원에도, 덴류지 뒤편의 아름다운 대나무 숲치쿠린,竹林에도 사람들의 붉은 마음이 끊이지 않고 유유히 흘러 다녔다. 숲을 빠져나와 가쓰라 강변을 따라 걸어 내려오는데 나룻배를 탄 풍류객의 얼굴들이 가을 햇살 위로 툭툭 튀어 올랐다. 일본의 단풍은 아기 단풍이라 하여 우리네 것보다 잎이 작고 아담한데, 단풍잎이 질펀한 자리는 흡사 각혈을 한 양 붉고 선연했다.

　　아라시야마에서 멀지 않은 킨카쿠지金閣寺와 료안지龍安寺로 넘어가 그 유서 깊은 절집에 깃든 가을을 만났다. 영국의 엘리자베스 여왕이 일본을 방문했을 때 다녀갔다는 료안지의 석정石庭과 실제 있었던 방화 사건을 모티프로 미시마 유키오가 쓴 소설『금각사』의 배경이 된 킨카쿠지. 그 정원과 다실, 옛 건물을 돌다가 일본 미美의 아름다움을 가장 깊이 있게 그려낸 명작 에세이인 다니자키

준이치로의 『그늘에 대하여』의 구절을 다시 떠올렸다. 이 책의
원제는 『음예예찬陰翳禮讚』인데, '음예'라는 단어를 두고 역자는
'그늘인 듯한데 그늘도 아니고, 그림자인 듯한데 그림자도 아닌
거무스름한 모습'이라 하여 우리말에 잘 쓰지 않는 이 단어 대신
'그늘'로 번역했음을 밝히고 있다.

　　　　한두 해만 더 살았다면 일본 최초의 노벨 문학상이
그에게 돌아갔을 거라 얘기되는 다니자키 준이치로는 『그늘에
대하여』에서 일본 미학의 특징을 건축과 연극, 문학, 음식,
심지어는 여성의 화장술과 아름다움에서까지 찾고 있다.
그에 따르면 환한 등불 아래 모든 것이 훤히 드러난 서양의 문화,
예술에는 참다운 아름다움이 없다는 것이다. 오로지 '물체와
물체가 만들어내는 그늘의 무늬, 명암'에 진정한 일본, 나아가
동양적 아름다움의 본질이 있다고. 그런 '그늘'에 대한 생각을
그는 '게으름'을 찬양하고, '손님을 싫어'하며, 기꺼이 불편을
감수하는 '여행'에까지 확장한다. 그 '그늘'을 떠올리면 내가 맛본
오사카의 사케 맛이나 가을 산의 단풍, 유명한 절집의 정원에서
느낀 깊고 독특한 아름다움이 규명된다. 가볍게 써내려간 에세이
같지만 가히 일본 미학의 본질을 담고 있는 글이다.

일본 교토, 그늘에 대하여

그늘을 보기 위해
떠나는 여행도 있다

일본의 가장 아름다운 길이라는 '철학의 길'과 그 길 끝에서
만난 또다른 단풍 명소 난젠지^{南禪寺}를 찾았다. 붉은 단풍에 깃든
어둠이 황홀한 만추^{晚秋}의 빛, 음예^{陰翳}의 빛을 자아냈다. 모두가
교토를 교토답게 만드는 장소인데, 또한 가을을 가을답게 만드는
장소이기도 했다.

그 밤 기온^{祇園} 거리 맞은편에 있는 술집 골목을 기웃거리다
역시 오래전에 차가운 사케를 마셨던 집을 찾아냈고 거기서
삶은 문어를 안주 삼아 따끈한 사케를 마셨다. 겨울을 보지 못한
섭섭함과 찬란한 가을 단풍을 만난 기쁨이 술잔에 교차했다.
여기 지금, 내가 앉은 곳은 겨울도 아니고 가을도 아니라고. 다만
지금은 그저 따끈한 사케 한 잔이 잘 어울리는 계절일 뿐이라고.

아, 그렇더라도 가을이 잘 익으면 다시 겨울이 올 것이다.
겨울이 잘 익으면 또 봄이 올 것이다. 그 경계는 모호할수록 좋다.
잘 무르익어서 스미고 번지며 계절은 다음 계절에게 세상을
내어주리라. 이 위대한 순환 속을 여행하는 사람은 행복한 존재다.

나는 배의 삼등칸에 타는 것을 매우 좋아한다. 서양행 같은
긴 항해라면 모를까, 기슈나 세토나이카이의 배 여행에 일등칸에
타게 되는 날에는 선장이나 사무장 등이 인사하기도 하고,
같은 칸의 손님과 명함을 교환하기도 하는 것만으로도
귀찮은 일이지만, 삼등칸 안에 섞여 들어가 큰 방에 드러누워
있으면, 누구도 상관하지 않기 때문에 실로 편히 지낸다.
그런 때, 나는 나의 주변에 있는 시골의 할아버지 할머니나,
휴가를 받아 고향에 돌아가는 것 같은 젊은 아가씨 등의
세상 이야기에도 귀를 기울여, 마음이 기울면 나아가 이야기
상대마저 되는데 (중략)

다니자키 준이치로, 『그늘에 대하여』에서

내가
알아야 할
모든 것은
여행에서
배웠다

만약 내가 죽은 다음에 훌륭한 글을 남길 수
있다면 그 영광과 명예는 모두 고래잡이
덕택이다. 포경선이야말로 나의 예일 대학이요
하버드 대학이다.

허먼 멜빌, 『모비 딕』에서

친구들은 별로 동의하지 않았지만, 나는 작고한 문학평론가 김현의 유고『행복한 책읽기』에서 "좋은 소설이 때로 지루한 대목을 간직하고 있듯이, 좋은 시는 때로 깜짝 놀랄 만큼 신선한 대목을 간직하고 있다"라 말한 것에 깊이 공감하는 편이다. 내가 주목하는 것은 시 쪽이 아니라 '좋은 소설'에 대해 말한 부분이다. 이 얘기를 하니 내 지인은 '그게 무슨 헛소리냐?'는 표정을 지어보였다. 왜 좋은 소설이 '지루한 대목'을 가져야 하냐는 것이다. 내가 이 말에 공감하는 데에는 도스토옙스키나 톨스토이의 꽤 두꺼운 소설 외에도, 특히 허먼 멜빌의『모비 딕』을 떠올리기 때문이다. 나는 정말이지 이 책을 무척 어렵게 읽어냈다. 중간중간 고래에 대한 백과사전적 지식을 쏟아내는 부분이라든가, 몹시 더디게 진행되는 이야기, 게다가 지금 봐도 난해한 여러 실험 형식이 마구 섞여 있어 읽기가 쉽지 않았다. 중간에 책을 몇 번 던져버리려다 꾹 참았다. 어떤 책을 다 읽어낸 뒤 뿌듯한 기분에 사로잡히는 일이 더러 있는데,『모비 딕』이 또한 그랬다. 나는 그 놀랍도록 지루한 부분을 잘 참아 읽어냈고, 놀랍도록 좋은 소설을 통독한 기분이 들었다.

미국 소설가 가운데 멜빌을 좋아하는 이유는 『모비 딕』과 함께 아주 뒤늦게 조명 받기 시작한 단편소설 「필경사 바틀비」 때문이기도 하다. 자본주의의 심장 뉴욕 월스트리트의 19세기 풍경이 흥미진진하게 그려지기도 하거니와, 그곳에서 시키는 일마다 "그렇게는 하고 싶지 않습니다!"라고 거부 의사를 표하는 바틀비의 캐릭터에 몹시 매료되었다. 미국 자본주의 태동기에 자본주의 메커니즘과 시스템에 섞이기를 거부하는 반자본주의적 캐릭터는 얼마나 매력적이던가! 『모비 딕』의 에이헤브 선장과 「필경사 바틀비」의 바틀비. 이토록 위대한 캐릭터를 둘이나 세상에 남긴 작가이니 멜빌이야말로 얼마나 위대한 소설가인가.

멜빌을 떠올리면 그보다 훨씬 오래전 선배 작가인 세르반테스를 떠올릴 수밖에 없다. 선원 생활을 하며 죽음을 넘나드는 고초를 겪은 점도 그렇고 그 경험을 바탕으로 위대한 소설을 남긴 이력도 그러하며, 서양 문학사에서 가장 위대한 캐릭터들(돈키호테, 에이헤브, 바틀비)을 창조했다는 점에서도 그러하다. 『모비 딕』의 초반, 고래에 대한 옛 문헌을 샅샅이 훑어 옮겨 적은 부분도 『돈키호테』에서 중세 기사문학에 대한 해박한 지식을 나열하는 부분을 연상시킨다.

항해 여행,『모비 딕』「필경사 바틀비」

내가 알아야 할 모든 것은
여행에서 배웠다

여행으로 나를 이끈 문장들

그리고 하나님이 커다란 고래를 창조하시다.

『창세기』, 허먼 멜빌 『모비 딕』에서

짐승이나 배 같은 것들은 이 괴물(고래)의 입 속,
그 끔찍한 심연으로 들어가면 이내 삼켜져버리는 반면에,
바다 송사리는 그 안에서 지극히 안전하게 몸을 감추고
잠을 자기도 한다.

몽테뉴의 『레이몽 세봉을 위한 변명』,
허먼 멜빌 『모비 딕』에서

(미국의) 포경선의 선원들 중에서 그들이 항구를 떠날 때
탔던 배를 타고 돌아온 자는 거의 없었다는 것은
이미 널리 알려진 사실이다.

어느 포경 보트에서 나온 항해 기록,
허먼 멜빌 『모비 딕』에서

헤밍웨이의 『노인과 바다』를 좋아하며, 저 망망한 태평양에 호랑이와 함께 난파된 소년에 관한 흥미로운 『파이 이야기』도 좋아하는데, 『모비 딕』 같은 소설까지 덧붙여 흔히 이들을 '해양문학'이라는 장르 아닌 장르로 묶는 모양이다. 그렇다면 나는 '해양문학'을 좋아하는 취향일 터다. 바다 혹은 여행의 경험만큼 인간에게 많은 것을 가르쳐주는 것이 또 있을까 싶다.

아주 순진하고 낭만적인 생각인지는 모르지만, 나는 한때 부산의 자갈치 시장이나 목포항의 어느 골목에서 우연히 본 '선원 모집'이라는 간판에 마음이 혹한 적이 있다. 한 번뿐인 인생에 한 번쯤 배를 타고 망망한 바다를 누비는 꿈을 꾼 것이다. 격렬하게 부딪치는 물결과 열악한 환경, 극한의 외로움을 감수해야 하는 바다 생활은 얼마나 고통스럽고 힘든 경험일까. 그래서 또 얼마나 멋지고 위대한 경험일까. 부산에 갈 때마다, 일 년에 한두 달 정도만 집에 돌아와 지내는 외양선 선원의 빈집에서 얻어 자곤 했는데, 그때마다 그 바다 사나이를 떠올리곤 했다.

그래서일까. 나는 배를 타고 다니는 여행을 좋아하는 편이다. 만일 시간 여유가 된다면 비행기 대신 배를 타는 여행을 하고 싶다. 비행기의 아찔한 속도라든가 꼼짝없이 갇혀 지내는 시간은 얼마나 끔찍한가. 어느 겨울엔가 인천에서 배를 타고 서해를 건너 중국으로 넘어가, 기차와 버스로 내륙을 옮겨 다니며 여행하다가 마침내 러시아의 한쪽 끝인 블라디보스토크에서 배를 타고 동해를 건너 우리 땅으로 돌아온 적이 있다.

꼬박 한 달이 걸린 여행이었는데, 그러고도 곧바로 집에 들어가지 않고 삼천포에서 배를 타고 제주도로 넘어가 디저트 여행을 했다. 서해와 동해, 남해까지 배를 탄 그 여행은 몹시 더디고 느렸지만, 훨씬 인간적이고 진정 여행다웠다. 바다가 예일이자 하버드 대학이었다던 멜빌의 말처럼, 나에겐 그 모든 여행이 대학교이자 도서관이자 삶의 선생이었다.

내가 알아야 할 모든 것은
여행에서 배웠다

살인에 관한
두 개의
장면

한 순간도 놓칠 수 없었다. 그는 도끼를
완전히 꺼내 들었다. 거의 무의식 상태에서
두 손으로 그것을 치켜들었다. 그리고 별 힘도
들이지 않고 거의 기계적으로 머리를 향해
도끼등을 내리쳤다. (중략) 그녀는 비명을
질렀으나 매우 소리가 약했다. 그리고 두 손을
머리 위로 가져갔지만 갑자기 비틀거리며
마루 위로 주저앉았다. (중략) 이때 그는 있는
힘을 다해 한두 차례 계속해서 도끼등으로
정수리를 내리쳤다. 컵이 엎어진 것처럼 피가
솟구쳤다. 그리고 몸이 벌렁 나자빠졌다.

표도르 도스토옙스키, 『죄와 벌』에서

러시아 상트페테르부르크, 『죄와 벌』

앞에 인용한 문장을 찬찬히 읽어본 뒤에 다음의 조금 다른
인용문을 읽어봐주시길 바란다.

도끼는 이미 그녀의 얼굴 위에 똑바로 올려졌으므로 이 순간에
있어서는 가장 필연적이고도 자연스러운 동작이었을 것이다.
그녀는 빈 왼손을 조금 쳐들었을 뿐 그것도 훨씬 얼굴에서
아래쪽이었다. (중략) 두개골에 곧바로 도끼날의 일격이 꽂혔다.
단숨에 이마 윗부분을 거의 관자놀이까지 쪼개버렸다.
그녀는 쿵 하고 쓰러졌다. (중략) 공포가 점점 더 그를 엄습해
왔다. 더구나 전혀 예기치 않았던 두번째의 범행 후에는
더더욱 그랬다.

도스토옙스키, 『죄와 벌』에서

두 개의 살인 장면 중 어느 쪽이 더 섬뜩한가?
어떤 장면이 더 잔인한가? 나는 두 개의 장면에 역사상 가장
위대한 소설가, 오만했던 니체나 프로이트조차 극찬해 마지않았던
영혼의 소설가 도스토옙스키의 비밀이 들어 있다고 생각한다.
도스토옙스키에 관한 수업을 듣다가 곧잘 술집으로 달려가
술을 마셨던 흥분과 격정의 젊은 날을 나는 잊지 못한다.

찢어지게 가난한 법학도 청년이 있다. 창백하고 선병질적인 그에게 최근 하나의 계획이 마음속에 자라나고 있다. 그가 얼마 전 법학 잡지에 기고한 글에 따르면 세상에는 남들보다 특출한 사람, 그래서 대의를 위해 '어떠한 불법이나 범죄라도 서슴없이 해치울 수 있는 사람'들이 있는데, 그런 사람들이 아무짝에도 쓸모없이 돈만 밝히는 벌레만도 못한 사람들을 단죄하고 그 재물을 가난하고 핍박받는 사람에게 나눠주는 것은 정당하고 숭고한 일이라 했다. 그런 사람이 이성과 의지로 저지른 행위는 결코 '범죄가 아니다'라는 신념 속에 라스콜리니코프는 자신의 계획을 실천하기에 이른다. 바로 그가 '벌레만도 못한' 사람으로 생각한 동네 전당포의 노파를 처단하는 일이다. 도끼를 옷 속에 감춘 법학도는 사람들의 눈을 피해 전당포로 들어가 의심에 찬 노파가 방심하는 사이 도끼를 들어 그녀를 살해한다. 그가 이성과 의지로 일으킨 첫 살인으로, 앞서 인용한 장면이 그것이다.

노파를 살해한 뒤 재물을 훔치려던 찰나, 인기척을 느낀 법학도는 살인 현장 앞에 입을 다물지 못하고 문 앞에 서 있는 노파의 백치 여동생 리자베타를 발견한다. 그의 이론에 따르면 영웅이 도와야 할 핍박받는 사람의 전형이 리자베타인데, 순간 라스콜리니코프는 이성이고 의지고 할 것 없이 본능적으로 리자베타의 정수리에 도끼를 꽂는다. 이것이 그의 두번째 살인이며 뒤에 인용한 부분이다. 어떤 장면이 더 끔찍한가? 도끼 '등'으로 노파를 내리친 앞 장면과 (곧이어 등장하는) 도끼 '날'로 리자베타의 두개골을 일격한 장면 가운데?

나는 두 개의 살인 장면에서, 세상 모든 일이 과학과 이성의
프로젝트로 개선되고 바뀔 수 있으리라 믿었던 서구 합리주의에
대한 작가의 비난을 읽었다. 소설에서 리자베타의 출연은 지극히
개연적인 설정으로 여겨지는데, 라스콜리니코프에게는 예상치
못한 변수로 작용한다. 그 우연을 만든 이가 도스토옙스키에게는
절대자 '신'으로 여겨지는 듯하다. 그의 소설은 신과 신앙에 대해
말하고 있다. 혹자는 그의 소설을 일컬어 성경 다음 가는 전도서로
말하기도 한다. 종교적이라는 점에서 동시대 거장 톨스토이와
도스토옙스키는 비슷하게 만나지만 교회나 헌금조차 없는 원시
교회를 이상화하는 톨스토이의 종교관은 도스토옙스키와 다르다.

톨스토이와 도스토옙스키는 동시대를 살아간 작가들이다.
도스토옙스키가 톨스토이보다 7살 위지만, 톨스토이는
82세까지 장수했고 도스토옙스키는 60세까지 살았다.
두 거장 사이의 교류와 만남에 대해 두 사람을 동시에 다룬
책을 쓴 평론가 조지 스타이너는 '그들이 만날 뻔한 적은 수없이
많았으나 그때마다 어떤 끈질긴 예감 때문인지 물러나고
말았다'고 했다. 그러나 두 거장이 서로의 작품과 존재에 감탄하고
호감을 보인 흔적은 도처에 발견된다. 도스토옙스키는 톨스토이의
『안나 카레니나』를 일컬어 '완벽한 작품이며, 현대 유럽 문학에서
비견할 만한 것을 찾아볼 수 없'다 했으며, 톨스토이의 『부활』 같은
소설이나 여러 글에 도스토옙스키가 자주 언급된다. 그런가 하면
톨스토이는 어디선가 도스토옙스키를 일컬어 "주제는 위대하나
글은 잘 못 쓴다"라는 글을 남기기도 했다. 번역된 소설을 가지고
정확히 판단할 순 없지만, 내 생각에도 도스토옙스키가 글을
잘 쓰는 것 같지는 않다. 은유나 여타의 수사법 등의 문학적
장치가 태평양 한가운데 떠 있는 돛단배처럼 찾아보기가 힘들다.
미문이라든가 수려한 문장에 도통 관심이 없어 보인다. 그럼에도
묘사, 특히 인물이 겪는 심리 묘사는 타의 추종을 불허한다.
『죄와 벌』의 살인 장면이나 형사의 심문 장면, 『카라마조프네
형제들』에서 둘째 이반과 셋째 알료샤의 논쟁 장면은
세계 문학사에 길이 남을 명장면이 아닌가.

사형 직전에 풀려나 시베리아에서 유형 생활을 했고,
평생 간질병을 앓고 도박에 빠져 있던 도스토옙스키는 만년에
와서야 부인의 도움으로 안정된 삶을 살았다. 사망 전 10여 년을
살았던 저택은 지금은 그를 기리는 박물관이 되어 있다.
상트페테르부르크를 가로지르는 네프스키 대로 끝에는
유명한 수도원 묘지가 있는데 그 묘지 한쪽에 도스토옙스키가
영면해 있다. 가까운 곳에 차이콥스키와 보로딘, 무소륵스키 같은
음악가의 묘지도 있다. 그 저택 박물관도, 티흐빈 묘지도
모두 두번째로 찾은 곳이다. 다시 찾은 그 장소에서 한참을
서성이다가 왔다.

좋게도 나쁘게도
모든 것은
좋았다

'여행'은 무언의 바이블이었다. '자연'은
도덕이었다. '침묵'은 나를 사로잡았다.
그리고 침묵에서 나온 '말'이 나를 사로잡았다.
좋게도 나쁘게도, 모든 것은 좋았다.
나는 모든 것을 관찰했다. 그리고 내 몸에
그것을 옮겨 적어보았다.

후지와라 신야, 『인도방랑』에서

인도 고아 해변, 『인도방랑』

좋게도 나쁘게도
모든 것은 좋았다

살아가면서 오랫동안 품어왔던 크거나 작은 꿈을 이루는 때가 있다.
그 여름 인도의 해변 외딴방에서 혼자만의 시간을 가진 일주일이
내겐 작은 꿈을 이룬 시간이었다. 작업적으로 후원을 받아
고요하고 한가로운 해변의 방에 틀어박혀 오로지 읽고 쓰는
일에만 몰두한 일주일. 한낮엔 집필에 열중하며 이따금
무더위를 피해 열대의 바다에 풍덩 빠져보고 밤중엔 캄캄한
해변을 바라보며 시원한 맥주를 홀짝 거리면서 말이다.
대단한 일이 아닐 수도 있지만, 어릴 적부터 꿈꾸던 작가 혹은
글쟁이의 삶을 짧게나마 경험한 듯싶었다.

　　　　일종의 가이드북을 쓰는 프로젝트 작업의 일환으로
남인도 어간을 떠돌았다. 충분히 취재를 한 뒤에 마침내 글 쓸
거리가 넉넉하게 마련되었다는 판단 아래, 집필에 몰입할
마땅한 곳을 물색했다. 그때 머릿속에 가장 먼저 떠오른 곳이
인도의 유명 휴양지인 고아 해변이다. 고아에 가기 위해
일단 뭄바이로 향했다. 고아는 뭄바이에서 저녁 버스에 올라타면
이튿날 아침에 도착하는 가까운(?) 거리에 있다. 뭄바이에서
고아로 가는 차편을 알아보려 들른 여행사마다 가장 먼저 내게
묻는 질문은 '당신은 인도에 몇 번이나 와보았소?'라는 것.
많이 와봤다 하면 여행사 매니저들은 비교적 제대로 된 가격을
알려주었다. 한번은 어떤 여행사에서 장난삼아 인도에 처음
와봤다고 했더니, 시세보다 거의 네다섯 배의 가격을 불렀다.

인도 어디서든 맞닥뜨리는, 눈에 빤히 보이는 상술에 이제 굳이 화를 내지도 않는다. 오히려 즐기게 되었다고나 할까?

인도의 상업경제의 중심지인 뭄바이는 사방으로 포근한 아라비아 해에 안겨 있다. 바다 앞에 서면 크고 작은 배들이 수평선 너머로 사라지거나, 한쪽의 높다란 마천루가 늘어선 풍광을 배경으로 사람들이 저녁 바람을 쐬며 한가로운 시간을 보낸다. 좋게도 나쁘게도 모든 것은 좋았다.

뭄바이에서 탄 심야버스가 이른 아침 북부 고아의 중심지인
마푸사 정류장에 멈췄고, 곧바로 여러 여행자로부터 추천받은
아람볼 해변행 버스로 갈아탔다. 고아는 하나의 단일 해변을
일컫는 이름이 아니라 수십 킬로미터를 따라 이어지는 수많은
해변을 거느린 방대한 지역을 지칭하는 이름이다. 그 해변에는
삼사십 년 전 히피 문화를 탄생시킨 안주나 해변이나 와가또르
같은 해변이 유명하지만, 요즘은 북쪽의 아람볼 해변이
각광받는다고 했다.

긴 버스 여행 끝에 해변 앞에 당도하자 다리에 힘이
빠졌다. 동남아시아에서 만났던 투명한 에메랄드 빛 바다를
상상했는데 그 바다는 그렇지 않았다. 탁하고 어두운 빛깔의 바다.
대관절 이런 탁한 바다가 왜 그토록 유명한 히피와 자유의 상징이
되었던 것일까?

물빛이 탁하다는 걸 빼고는 그런대로 해변의 풍광은
훌륭했다. 해변에 늘어선 방갈로와 식당도 운치 있고, 해변을
거니는 사람들도 여유로웠다. 세상 어디서도 볼 수 없는
고아 해변만의 진풍경은 그 모래톱을 어슬렁거리며 돌아다니는
소⁺들이었다. 누구도 쫓거나 붙잡아두지 않는 흰 소들이 해변의
풍경이 되어 거닐었다. 좋게도 나쁘게도 모든 것은 좋았다.

번잡한 해변 중심부를 벗어나 해변 끝 작은 언덕 아래 위치한
조용한 숙소에 방을 잡았다. 너른 침대에 선풍기, 노트북을
올려놓고 글쓰기에 좋은 적당한 크기의 책상 외에는 이렇다 할
가구도 없다. 흡사 빈센트 반 고흐의 그림 속 방 같다. 책상 옆으로
난 창을 열면 넘실대는 바다가 바로 곁에 있고, 방문을 열면
곧바로 바다로 풍덩 뛰어들 수 있었다.

　　　며칠을 그 바닷가 외딴 방에서 보냈다. 자료와 경험을
엮어 글을 써나갔고 때때로 마당에 나가 책을 읽었다. 집필에
몰두할 땐 복잡한 책 대신 영감을 주거나 머리를 쉬게 해주는
책이 좋다. 어느 여행자 숙소에서 슬쩍 빌려온(?)『인도방랑』은
역시 제격이었다.『인도방랑』은 십수 년 전 첫 인도 여행에서 처음
만났고 그 뒤에도 몇 번을 뒤적인 책이다. 페이지마다 늘 인도
여행을 꿈꾸게 하는 책이다. 하지만 읽을 때마다 책은 전엔 보이지
않던 것들이 보이며 결코 가볍게 읽히지만은 않는다. '언제나
돌아갈 것을 마련해두고' 그것을 '방랑'입네 하는 여행자를 향해
책은 늘 마음을 쿡쿡 찔러대곤 한다. 인도를 사진에 담는 일에
대해서도 저자는 몹시 아린 충고를 했다.

인도는 너무 많이 찍으면 안 됩니다. 인도란 나라는 어디를
찍어도 사진이 되니까요. 360도를 빙그르르 돌면서 서른여섯 번
셔터를 누르면 바로 포토스토리 한 권이 만들어집니다.
그래서 인도에 간 사람들의 사진은 모두 똑같아요. 너무 많이
찍는다는 건 전부 찍어선 안 된다는 거지요. 인도는 '무엇을
찍지 않을 것인가' 하는 마이너스 작업에 의해서만
그 사람의 시점이 드러납니다.

후지와라 신야, 『인도방랑』에서

저녁이면 활기를 띠는 해변 노천 식당에 가서 고아 음식인
'빈달루'에 밥을 비벼 먹었다. 매콤한 커리의 일종인 빈달루는
우리네 제육볶음과 비슷한 맛이 났다. 그러면 문득 집이
그리워지곤 했다. 집을 떠나온 지 좀 되었다는 데 생각이 미쳤다.
빈달루에 맥주를 마시고 가까운 PC방에 가서 전화를 걸었다.
늦은 시간 전화를 받은 아내의 졸린 목소리에 무심한 듯 안부를
물었다. 언젠가 이 해변을 함께 걷고 싶다는 말은 마음속으로만
속삭인 채. 문득 돌아다본 밤바다 위로 짙고 푸른 그리움이 허공에
반짝였다. 늘 그랬듯이 인도는, 좋게도 나쁘게도 모든 것이 좋았다.

좋게도 나쁘게도
모든 것은 좋았다

인도 고아 해변, 『인도방랑』

좋게도 나쁘게도
모든 것은 좋았다

침묵의 물체와
대화하는 법

"침묵의 물체를 보면서 거기서 일어나는
감정이입의 상태를 말할 수 있는 것은
글솜씨만으로 가능한 것이 아니다."

유홍준, 『나의 문화유산답사기』에서

도심 한가운데 우뚝 솟은 경주의 고분을 마주할 때마다
'비틀스'의 노래 가사가 떠오른다.

둥근 지구가 나를 기분 좋게 해요.
왜냐하면 지구가 둥그니까요.
푸른 하늘이 나를 울게 해요.
왜냐하면 하늘이 푸르니까요.

- 비틀스, 〈Because〉에서

모순어법이라고 하던가? 말장난 같은 말들. 하지만 이상하게 기분이 좋아지면서 이런 화법에 어떤 지혜라든가 재치를 느끼게 된다. 논리와 명확함을 요하는 말들, 뾰족하고 날선 말이 난무하는 시대에 이런 화법이 주는 카타르시스는 적지 않다. 그런 말을 좀더 떠올려본다.

"아빠, 왜 눈은 펄펄 내려요" "왜냐하면…… 펄펄 내리니까"
 - 영화 〈I am Sam〉에서

김밥의 기본은 김과 밥이다.   - 소설가 성석제

장수하는 가장 확실한 비결은 나이를 많이 먹는 것입니다.
 - 국악인 황병기

자살하면 죽여버릴 거야! - 가수 이은미

경주에 자주 가는 편이다. 천 년 이상 된 크고 둥근 고분과
네모반듯한 현대식 건물이 이루는 부조화는 흡사 이 세계의
풍경 같지 않은 신비로움을 자아낸다. 주말이면 늘 여행자들로
북적거리는 도시인데 나는 거기서 줄곧 '침묵'을 찾아 헤맨다.
옛 무덤이 들려주는 무덤덤한 말이나, 남산 계곡에 널린 목 잘리고
팔다리 잘린 돌부처가 던지는 묵언의 법어가 좋다.

경상도 경주와 더불어 우리 땅에서 내가 좋아하는
또다른 침묵의 성지는 전라도 화순의 운주사雲住寺다. 나딩구는
바위와 돌덩이를 갖고 아무렇게나 눈, 코, 입을 새겨 만들어놓은
돌부처와 돌탑이 황홀한 불국토를 이룬다. 누가 어떻게 이 많은
돌부처와 탑을 만들었는지 알려지지 않았지만, 권위와 경직됨
없이 소박함과 자연스러움, 투박함을 간직한 불상에서 석가모니
부처의 참된 얼굴을 만난다. 우리에게 '석가모니'로 음역된
'샤카무니Sakyamuni'라는 이름도 샤카Sakya 족의 '고요한 자Muni'란
뜻이라 했다. 가장 중요한 진리와 가르침은 언제나 말이 아닌
침묵으로만 전수될 수 있음을 알려준다. 그러니 그 들판과 계곡에
널린 돌부처에게서 진리를 듣지 못할 이유가 없다.

경주와 화순뿐일까. 일본이나 중국의 옛 건축과 유적에
깃든 침묵, 터키나 이탈리아, 그리스의 폐허에 나딩구는 돌멩이의
속삼임은 어떤가. 유적만이 아니라 오로지 바람 소리만 들려오는
자연의 침묵을 듣는 일 또한 행복하다. 침묵이 가장 큰 볼거리인
곳을 좋아하게 되었다.

태국 아유타야, 『침묵의 세계』

어느 해 태국을 여행하는 중에 아유타야라는 지명을 떠올린 것은
오랜 기억 속에 묻혀 있던 하나의 이미지 때문이었다. 나무 밑동의
커다란 구멍에 처박힌 돌부처의 머리. 그 머리만 남은 불상의
사진을 처음 보았을 때 나는 말로 다 할 수 없는 충격을 받았다.
그 여행에서 일부러 시간을 만들어 나무에 처박힌 불상이 있다는
태국 중부의 '아유타야'로 향했다.

　　　타이 족 최초의 왕조인 수코타이 왕조가 세력이 약화된
틈을 타서 그곳 아유타야에 터를 잡은 것이 아유타야 왕국이다.
사방에 강이 흐르는 아유타야는 정치적·군사적 요충지이면서
경제적·문화적으로도 융성할 수 있는 조건이 충분히 갖추어진
곳이라 했다. 400여 년 넘게 별다른 어려움 없이 왕국을 유지하던
아유타야는 1767년 버마(지금의 미얀마)의 침략에 멸망하면서
역사에서 사라져갔다. 철저히 파괴된 아유타이의 유적은 밀림
안쪽에 감춰져 세월의 풍화작용에 마모되다가 20세기에 이르러
다시 주목을 받기에 이른다. 목이 잘린 채 늘어서 가부좌를 튼
돌부처, 거대한 몸을 눕힌 채 나그네를 무심히 쳐다보던 거대
와불상, 뾰족하게 날을 세운 불탑의 사원. 사건 현장에 대한
상상력을 한껏 발휘하는 프로파일러처럼 그 땅에 융성했던
옛 왕국에 대한 상상력을 발휘하였다.

그러다가 침묵에 관한 훌륭한 책을 만나게 되었다. 수많은 작가들이 예외 없이 필독서로 추천하는 막스 피카르트의 『침묵의 세계』가 그것. 놀랍게도 책 전체가 '침묵'이라는 하나의 관념이자 사물로 채워져 있다. 침묵의 모습, 침묵이라는 현상, 자아와 침묵, 인식과 침묵, 사물과 침묵, 역사와 침묵, 사랑과 침묵, 인간의 얼굴과 침묵, 자연과 침묵, 시와 침묵 등등, 차례가 모두 침묵에 대한 것들이다. 고대 희랍의 철학자로부터 옛 시인의 작품에 등장하는 '침묵'을 훑는가 하면, 이집트와 그리스, 중국의 유적과 신전, 대성당에 깃든 침묵에 대해서도 사유한다.

　　　　1888년 독일에서 태어나 뮌헨 등에서 의사로 활동하다 스위스 루가노 부근에서 1965년 사망한 막스 피카르트의 이 독특한 책은 불, 물, 공기, 꿈 등 하나의 주제에 오롯이 천착해 몽상과 사유의 글을 쓴 가스통 바슐라르의 집요함과, '그늘'을 통해 일본의 미학을 탐구해 간 다니자키 준이치로의 관조적 시선, 그리고 많은 시인, 현자의 통찰력과 사유의 분방함을 떠올리게 한다.

침묵의 물체와
대화하는 법

침묵은 결코 수동적인 것이 아니고 단순하게 말하지 않는 것이
아니다. 침묵은 능동적인 것이고 독자적인 완전한 세계다.
침묵은 그야말로 그것이 존재한다는 사실 때문에 위대하다.

막스 피카르트, 『침묵의 세계』에서

침묵은 인간의 얼굴 속에 있는 하나의 기관과도 같다. 얼굴
속에는 눈과 입과 이마만 있지 않고 침묵도 있다. 침묵은 얼굴
속 어디에나 있다.

막스 피카르트, 『침묵의 세계』에서

아유타야의 어느 길목에서 그 불상과 마주쳤다. 생각보다 그리
큰 나무는 아니었지만 나무 몸통에 박혀 있던 돌부처는 지긋 눈을
감아 흡사 고요히 영면에 든 사람의 얼굴과도 같았고, 세상 모든
탐욕을 포용하는 그윽한 얼굴로도 보였다. 그것이 침묵의 힘이었다.
말과 소음이었다면 그러한 깊고 그윽한 법어가 이방인에게
전해졌을 것인가? 그 침묵 때문에 오래 그 앞을 뜰 수가 없었다.
　　도처에 침묵이 있다. 다만 우리가 듣지 못할 뿐이다.
'모든 것이 스스로 요란한 소리를 냄으로써 자신이 살아 있음을
확인하고 확인받으려는'(최승자) 소음의 시대에 침묵을 벗하는
일은 행복하다.

침묵의 물체와
대화하는 법

여행으로 나를 이끈 문장들 **129**

여행은
숲에 가서
술을 마시는 일

『숲』

‘숲’이라고 모국어로 발음하면 입 안에서 맑고
서늘한 바람이 인다. 자음 ‘ㅅ’의 날카로움과
‘ㅍ’의 서늘함이 목젖의 안쪽을 통과해
나오는 ‘ㅜ’ 모음의 깊이와 부딪쳐서 일어나는
마음의 바람이다. ‘ㅅ’과 ‘ㅍ’은 바람의
잠재태이다. 이것이 모음에 실리면 숲 속에서는
바람이 일어나는데, 이때 ‘ㅅ’의 날카로움은
부드러워지고 ‘ㅍ’의 서늘함은 ‘ㅜ’ 모음
쪽으로 끌리면서 깊은 울림이 울린다. (중략)
‘숲’은 글자 모양도 숲처럼 생겨서, 글자만
들여다보아도 숲 속에 온 것 같다.
숲은 산이나 강이나 바다보다도 훨씬 더
사람 쪽으로 가깝다. 숲은 마을의 일부라야
마땅하고, 뒷담 너머가 숲이라야 마땅하다.

김훈, 『자전거 여행』에서

『술』

술. 이 말이 아름답게 들리는 것인지 이 말이
가리키는 물질이 아름답게 보이는 것인지 섞갈릴
때가 있다. 아무튼 '술'이라는 말만큼 술처럼
들리는 말이 내가 아는 외국어에는 없다. '술'의
마지막 소리인 설측음 /ㄹ/은 술의 물리적
성질을, 다시 말해 액체로서의 유동성을, 그
흐름의 본성을 드러내는 것처럼 들린다. 한편 그
첫 소리인 치마찰음 /ㅅ/은 술이 예컨대 증류수
같은 무미 무취 무색의 액체가 아니라 빛깔과
향기와 맛을 지닌 매력적인 액체라는 것을
상상하게 한다. 그리고 그 두 자음을 이어주는
원순 후설모음 /ㅜ/는, 내게, 술은 내뱉는 것이
아니라 마시는 것이라는 점을, 또 마시되 예컨대
모음 /ㅏ/가 연상시켰을 수도 있듯 폭음하는
것이 아니라 절제 있게 느릿느릿 마시는
것이라는 점을 함축하는 것처럼 보인다.

고종석, 『말들의 풍경』에서

여행은 숲에 가서
술을 마시는 일

우리 한글의 어떤 글자는 표음문자 같은 것이 아닌 일종의 상형문자 같다는 생각을 하게 된다. '나'는 진짜 '나' 같고 '너'는 너 같으며, '엄마'는 진실로 '엄마' 같다. 너무 오래 그 말을 사랑해 쓰면서 품게 된 기시감 같은 것이겠지만, 김훈과 고종석이 예를 든 숲이나 술은 그럴싸하게 들리기도 한다.

    종종 내가 하는 행위, 내가 몸담고 있는 직업에 관한 질문을 받곤 한다. 당신에게 '여행'이란 무엇입니까? 당신에게 '광고'란 무엇입니까? 같은 질문. 그런데 '여행'이라는 글자는 별로 내가 하는 여행과 닮지 않았고, '광고'란 단어도 뭔가 광고를 재미없고 고리타분한 것으로 만들어버린다. 어떤 행위나 사물, 관념에 좀더 근사한 말은 없었던 것일까?

    사물에 이름을 붙인다는 건 인류가 지식을 습득하고 생활을 개선하며 문명을 이루기 위해 어쩔 수 없었던 과정이겠지만 그로 인해 잃는 것 또한 적지 않았으리라. 그리하여 창조적인 일을 조언하는 많은 예술가는 먼저 그 고정된 말을 잊을 것을 권유한다. 『도덕경』의 첫 구절이 충고하듯이 말이다.

바로 보려면 우리는 우리가 보는
사물의 명칭을 잊어야 한다.

　- 모네

"신神이란 단어가 싫다면 양파라 불러도 됩니다!"

　- 엔도 슈사쿠, 『깊은 강』에서

나는 에로틱한 단어도 싫어한다.
우리는 그것을 너무 써서 하찮고 진부한 것으로 만들었다.

　- 사진가 헬무트 뉴튼

차츰 이미지의 독해가 중요해지는 이 시대엔 언어가 빚어내는
실수, 언어의 공허함, 나아가 언어의 폭력, 언어의 홍수에 종종
혐오감을 느끼게 된다. '뻔뻔함'을 그 특징으로 하는 정치인의
언사며, 진실을 교묘한 방법으로 호도하는 언론의 말들은 어떤가.
오로지 140자만 적을 수 있는 트위터가 처음 오픈된 이래
사람들이 트위터에 올린 글자 수가 인류가 역사 이래 쓴 모든
글자 수를 훌쩍 넘어섰다는 글을 어디선가 본 적이 있다. 뭉클했던
소설 『엄청나게 시끄럽고 믿을 수 없게 가까운』에 따르면,
《내셔널 지오그래픽》에서 읽은 기사 중에 흥미진진했던 것은
인류 역사를 통틀어 죽은 사람의 수보다 현재 생존해 있는 사람의
수가 더 많다는 글'이라 한다. 200년 가까이 인류가 필름으로 찍은
사진 컷보다 20여 년 조금 안 된 역사를 가진 디지털 카메라의 컷이
훨씬 많을 거라는 생각도 든다. 설령 아직 그렇지 않더라도 그러할
날이 머지않았음은 불 보듯 뻔한 일이 아닐까. 실로 어마어마한
시대에 우리는 살고 있다.

아아, 그럴수록 맑은 글자들을 조금 적게 읽으며 맑은
책을 읽고 싶다. 정보에 조금 뒤처지면 어떠한가. 오염된 담론,
패스트 미디어로 가공된 정보 속을 헤매어야 결국 우리가 갇히는
건 모순과 편견의 미망이 아닐까. 조금은 느리지만, 슬로 미디어인
책을 통해서도 살아가는 지혜나 힘은 충분히 얻을 수 있지 않을까.
앉은 자리에서 손가락과 눈으로 하는 여행보다 두 다리로 직접

만나고 가슴으로 느끼는 경험이야말로 여전히 가장 의미 있는
배움과 깨달음이 아닐까.

내게 여행은 숲에 가서 술을 마시는 일이다. 그 동네에 가서
그 동네 공기와 물을 마시며 그 동네서 난 음식과 술을 마시는
것. 그 동네가 빚어낸 책을 읽는 것. 내가 하려는 여행의 모습은
변함없이 그러하다. 숲에 가 술을 마시고 싶다. 그 글자들을
그렇게 명명한 옛 사람들의 위대한 마음을 떠올리며.

길 위에서

밑줄 긋는
여행자

독일 중부의 도시 라이프치히에 갔다가 니체의 생가와 무덤이
있다는 작은 마을 뢰켄까지 찾아가게 되었다. (중략)
그의 무덤 곁에는 '나' 아닌 또다른 '내'가, 서로를 바라보는
세 명의 벌거벗은 니체의 형상이 기념물로 세워져 있었다.
그가 홀로 찾아온 여행자에게 다시 질문을 던졌다.

"우리는 모든 가치를 전도시킬 수 없는가? 악은 선이 아닐까?
 (중략) 어쩌면 모든 것이 궁극적으로 잘못이 아닐까?
 그리고 만일 우리들이 기만당하고 있다면, 바로 그 때문에
 우리는 또한 기만자가 아닐까?"

– 니체, 『인간적인 너무나 인간적인』에서

나를 찾아서,
나였던
그 아이를
찾아서

나였던 그 아이는 어디 있을까?

아직 내 속에 있을까

아니면 사라졌을까?

파블로 네루다, 『질문의 책』에서

한 일 년, 안 되면 6개월, 그것도 안 되면 두 달, 정말 그마저도
안 되면 한 달, 아니 정말 그조차 여의치 않으면 한 보름
정도만이라도 하던 일을 멈추고 어디론가 도망치고 싶던 때가
있었다. 그때 나는 모래주머니를 잔뜩 메고 42.195킬로미터의
거리를 달리듯 일에 시달려, 건강까지 해칠 정도로 지쳐 있었다.
그런 때는 지나간 많은 여행들도 위로가 되지 않았다. 그런 때는
여행조차 하고 싶지 않았다. 그냥 이 지구별 어딘가 은밀한 곳에
틀어박혀 책만 십수 권, (기간이 충분하다면) 수십 권이라도
싸가지고 가서 머리를 말끔히 포맷해 오고 싶었다.
그러면서 행복한 상상을 했다. 어디로 도망치면 좋을까? 조건은
단 한 가지, 조용한 시골이면 된다. 풍덩! 언제든 뛰어들 수 있는
물이 있다면 금상첨화겠지. 그동안 여행했던 곳 가운데 행복한
도피처를 떠올리는 것만으로도 금세 기분이 좋아졌다.
　　　태국 북부의 빠이, 러시아의 수즈달, 인도네시아 발리의
후미진 마을, 네팔의 포카라, 태국 남부의 섬마을 등이 맨 먼저
떠올랐다. 사정이 조금 넉넉하다면 유럽이나 일본의 휴양지는
어떨까? 따뜻한 캘리포니아 해변이나 쿠바의 카리브 해 정도면
어떨까? 그러나 이내 떠오른 지명 앞에 다른 지역은 곧 지워졌다.
라오스 왕위앙!

나를 찾아서,
나였던 그 아이를 찾아서

왕위앙의 시골길에서 나는 자꾸만 주변을 두리번거렸다.
일곱 해 만에 다시 서게 된 길이지만, 한두 군데 갈래 길만 빼고
곧장 외길로 이어져 헛갈리거나 잘못 들어설 이유는 별로 없었다.
왕위앙 마을에서 푸캄 동굴과 블루라군까지 이어지는
7~8킬로미터의 시골길은 일상에서도 이따금 그리워질 만큼
아름답고 행복한 곳이었다. 열대의 후텁지근한 날씨 탓에
스쿠터나 경운기를 얻어 타고 가는 게 현명해 보였지만 그 길을
행복하게 즐기는 방법은 역시 걷는 것이었다. 그렇게 천천히
걷다가 보면 길에서 만나는 사람들이 모두 천사요 스승이요
현자들일 터였다.

　　　거기서 오래전의 천사들을 다시 만날 수 있지 않을까
조마조마했다. 일곱 해 전 발목을 수술해 절뚝거리며 걷는
이방인에게 시골마을 꼬마들이 장난을 걸어왔다. 콧물이 흥건했던
아이들이 나그네와 앞서거니 뒤서거니 하다 냅다 달아나곤 했다.
슬프게도 아이들은 대부분 맨발이었다. 모난 자갈과 돌부리가
깔린 거친 길이었는데 말이다. 느닷없이 맹렬한 열대성 폭우를
만나기도 했다. 비가 갠 뒤엔 냇물이 불어났고 그러면 아이들이
매끈한 알몸으로 냇물에 뛰어들었다. 콧수염이 듬성듬성 난
청년이나 가슴이 볼록해진 숙녀로 성장했을지 모를 그 아이들을
길 위에서 다시 만나게 되는 건 아닐까?

일곱 해 전에도 그랬지만, 나는 라오스에서 읽을 마땅한 책을 생각해내지 못했다. 미얀마 같으면 그 나라를 배경으로 한 조지 오웰의 『버마 시절』이, 베트남은 마르그리트 뒤라스의 『연인』이, 파키스탄 하면 키플링의 『킴』 같은 소설이 떠오르지만 라오스는 도무지 어떤 책도 떠오르질 않았다. 그러다 결국 손에 걸려든 것이 헤르만 헤세의 『나르치스와 골드문트』다. 일곱 해 전에는 헤세의 『크눌프』를 챙겨왔었는데 『크눌프』의 확장된 이야기로 읽히는 『나르치스와 골드문트』라면 괜찮겠다 싶었다.

　　『나르치스와 골드문트』의 책장은 열대의 그늘 아래 술술 잘 넘어갔다. 수도원에서 만난 두 절친한 친구 가운데 나르치스는 독실한 신앙의 길을 걸어 수도원장이 되지만, 골드문트는 수도원을 도망쳐 숲과 들판, 간통과 (어쩔 수 없이 저지른) 살인을 범하며 야성과 자유의 삶을 오간다.

　　한때 『지와 사랑』으로도 번역된 바 있는 『나르치스와 골드문트』는 작가 헤세가 평생에 걸쳐 천착했던 이원론의 세계를 극명하게 보여주는 소설이다. 신앙과 수도원에 인생을 바친 지성의 나르치스와 길 위를 떠도는 야성의 골드문트는 헤세의 출세작 『페터 카멘친트』에서부터 『크눌프』, 『싯다르타』에 풀어놓았던 방랑자 연대기에 대미를 장식한다. '자신의 천성이 요구하는 대로 행동하는' 크눌프의 모습은 그대로 '자연의 축복으로 태어난 듯 너무나 싱싱하고 눈이 맑은 소년' 골드문트에게 이어진다.

나를 찾아서,
나였던 그 아이를 찾아서

라오스 왕위앙, 『나르치스와 골드문트』

나를 찾아서,
나였던 그 아이를 찾아서

일곱 해 전에 『크눌프』를 읽다가 그 시골길로 나섰듯이
이번에도 『나르치스와 골드문트』의 책장을 덮고 뙤약볕 내리쬐는
시골길로 나섰다.

　　　자전거를 몰고 가던 소년에게서 예전 코흘리개 아이를
떠올렸고, 치마를 가슴까지 올린 채 먹을 감던 소녀에게서
예전 벌거숭이 계집아이들을 떠올렸다. 그 아이들 속에 내가 있었다.
오래전에 나와 작별한 나였던 그 아이가 길과 마을에 있었다.
그렇게 나는 길을 읽으며 걸었다. 꽃을 읽었고, 벌레를 읽었고,
푸른 들과 황홀한 봉우리, 구름을 읽으며 걸었다. 그런 걸
읽노라면 십수 권, 수십 권의 책 따위도 필요가 없을 터였다.
방랑자 크눌프와 골드문트의 길을 나도 걸었던 것이다.

그는 사랑을 위해 태어난 존재인 것이다. 섬세하고 풍부한 감성을 타고난 그는 꽃향기라든가 떠오르는 태양, 말이나 새의 비상, 음악 같은 것을 너무나 깊이 체험하고 사랑할 줄 알았다. 그런 존재인 골드문트가 어째서 정신의 세계를 추구하고 금욕의 길을 가야 하는 수도사가 되겠다는 집념에 사로잡혀 있는 것일까? 나르치스는 이 문제에 관해 곰곰이 따져보았다.

헤르만 헤세, 『나르치스와 골드문트』에서

셰익스피어는
한 번도
이탈리아에
가지 않았다

"이름이 어쨌다는 거예요. 우리가 장미라
부르는 꽃을 다른 어떤 이름으로 부르더라도
그 향기는 역시 마찬가지일 거예요.
그러니 로미오는 로미오라고 안 불러도
그 이름이 갖는 고상함은 그대로 남는 거예요."

윌리엄 셰익스피어, 『로미오와 줄리엣』에서

베네치아로 향하던 기차가 중간 역인 베로나에 가까워 올
때까지도 나는 마음을 정하지 못했다. 시간이 별로 많지 않은
여행이었다. 그런데 낯선 도시 베로나에 내려야 할지 말지 결정을
내리지 못한 것이다. 잘 보존된 로마시대 유적이나 명소가 있지만
베로나에서 내가 가고자 한 곳은 따로 있었다. 세상에서 가장
희한한 유적지, 어처구니없는 볼거리라고도 할 수 있는 곳.
바로 '줄리엣의 집'이다. 셰익스피어의 대표 희곡이자, 청춘남녀의
비극적 사랑을 다룬 고전인『로미오와 줄리엣』의 실제 무대가
그곳에 있다고 했다. 상상에 의존해 쓰인 희곡의 무대가 그곳에
실재한다는 주장이나 그걸 찾는 수많은 관광객의 숫자가 좀처럼
믿기지 않는다. 하긴 셰익스피어의 또다른 대표작『햄릿』의
무대가 된 성 역시 덴마크에 존재한다 하니 역시 기가 막힌
일이다. 셰익스피어의 생애를 뒤져봐도 그가 이탈리아나 덴마크에
와봤다는 기록은 어디에도 없다. 허구의 유적이 분명할 테지만,
그래도『로미오와 줄리엣』이 아닌가. 그곳을 잠시라도 보고 가는 게
마땅하지 않을까? 기차가 베로나 역에 천천히 멈출 무렵에야
마음을 정했고 뭔가에 끌린 듯 기차에서 내렸다.

'줄리엣의 집'을 찾는 일은 어렵지 않았다. 기차역에서 걸어
삼십여 분 만에 베로나 중심지에서 사람들이 북적대는
어느 집 안으로 나도 모르게 들어섰다. 대문과 마당을 이어주는
통로 양쪽 벽면은 세계 각처에서 온 사람들의 사랑을 염원하는
낙서와 연인들의 이름으로 빼곡했다. 탁 트인 마당으로 들어서자
좌측에 선 건물에 툭 튀어나온 발코니가 눈에 띄었다.
두말할 것도 없이 『로미오와 줄리엣』의 명장면으로 꼽히는
발코니 신의 그 장소이리라.

이탈리아 북부, 『로미오와 줄리엣』

세익스피어는 한 번도
이탈리아에 가지 않았다

베로나의 오래된 원수 집안인 몬태규 가와 캐플릿 가의
아들과 딸로 태어난 로미오와 줄리엣은 어느 가장무도회에서
우연히 만나 첫눈에 사랑에 빠진다. 무도회에서 만난 아름다운
줄리엣을 찾아 로미오는 한밤중 몰래 줄리엣의 집을 찾아오는데,
그곳 발코니에서 줄리엣을 발견하게 된다. 로미오가 숨어 있는 줄도
모른 채 줄리엣이 되뇐 독백이 바로 인용한 대사다.
장미를 장미라 부르지 않아도 향기가 변함없듯, 첫눈에 반한
청년이 원수 집안의 이름을 갖고 있더라도 사랑하는 마음은
변하지 않을 것임을 되뇌는 독백이다. 희곡에서 보면 로미오는
그 벽을 타고 올라가 발코니의 줄리엣과 사랑의 대화를 나누는데,
정작 눈앞에 펼쳐진 발코니는 스파이더맨도 오르기 어려울 만큼
높고 아찔했다. 역시 어처구니없는 관광지인데, 사람들에게
사랑이란 이름을 떠올릴 장소가 하나쯤 있는 것도 나쁠 건 없었다.
　　　　　네다섯 시간 베로나를 헤매다 다시 기차를 타고 늦은
오후에 베네치아에 도착했다. 십수 년 만에 다시 만난 베네치아다.
예전엔 한가롭고 고즈넉한 도시였는데 여행 성수기까지 겹친
두번째의 베네치아는 정신을 차릴 수 없을 정도로 복잡했다.
물가는 끔찍이 비쌌고 되돌아가는 차편은 열흘 뒤까지 매진된
상태였다. 천국으로 기억되던 베네치아에서 나는 지옥을 만난
기분이었다.

영국의 대문호 셰익스피어는 모두 38편에 달하는 희곡을
남겼는데 많은 작품들이 영국 역사를 배경으로 하고 있다.
그러나 우리가 잘 알고 있는 몇 편의 희곡은 순전히 상상력만으로,
그가 가보지 않은 나라나 도시를 배경으로 삼고 있다. 『로미오와
줄리엣』, 『햄릿』 외에도 『한여름 밤의 꿈』은 그리스, 『줄리어스
시저』나 『안토니오와 클레오파트라』 같은 사극과 희곡이 이곳
이탈리아(로마)를 배경으로 하고 있다. 4대 비극에 속하는
『오셀로』나 유명한 『베니스의 상인』의 무대도 베네치아다.
한 번도 와보지 못한 때문인지 그들 작품에 구체적인 지명이나
거리 이름은 등장하지 않는다. 그러나 마르코 폴로 같은 대상大商,
탐험가를 배출한 당대 최고의 국제 상업도시였던 베네치아의
정신만큼은 그 안에 훌륭하게 그려내고 있다. 다른 나라에서였다면
갖은 핍박과 천대를 받았을 유대인 샤일록이 당당히
고리대금업으로 성공한 것이나, 북아프리카의 무어인 오셀로가
장군으로 출세한 경력도 당시 가장 열린 사회였던 베네치아가
아니었다면 가능하지 않다고 한다.

이탈리아 북부,『로미오와 줄리엣』

세익스피어는 한 번도
이탈리아에 가지 않았다

흔히 영국의 시골 출신의 무지렁이 작가가 어떻게 한 번도
가보지 않은 나라들을 그토록 훌륭하게 그렸는가를 두고,
또한 왕실과 귀족의 고급 취미와 학문을 다룰 수 있었겠는가를
두고 셰익스피어의 존재 자체를 의심하는 이들이 하나의 학파를
형성해왔다. 이를 두고 『나를 부르는 숲』을 쓴 유쾌한 논픽션 작가
빌 브라이슨은 셰익스피어의 미스터리를 추적한 책에서
'셰익스피어에 대한 문헌은 그 시대에 그 정도 지위에 있는
사람에게 우리가 기대할 수 있는 만큼' 있는 것이며, 그의 존재에
미스터리를 느끼는 것은 '우리가 그에게 너무 많은 관심을 가지고
있기 때문'이라고 항변하고 있다.

　　　　한편 셰익스피어의 위대함을 단지 그의 작품에서만
찾는다면 그를 올바로 보지 못하는 일이 될 것이다.
영어, 즉 언어학적인 측면의 위대함까지 봐야 그의 위대함을
제대로 이해할 수 있을 것이다.

괴테에 의해 독일어가 비로소 언어로 만들어졌다면, 셰익스피어는 영어를 세계 최고의 언어로 만들었다. 셰익스피어의 작품에는 2만 8,829개의 단어가 사용되었다. 셰익스피어는 작품에서 그전까지는 한 번도 영어에 등장하지 않던 새 단어를 1,700여 개나 소개했다. 햄릿 한 작품에만도 600여 개의 단어를 새로 선보였다. 그가 도입한 단어 중에는 오늘날 매일 사용하는 'critical(비판적인), extract(추출하다), excellent(훌륭한), assassination(암살), lonely(외로운), accommodation(숙소), amazement(경악), bloody(유혈의), hurry(서둘러), eyeball(눈알), road(길)' 등이 있다.

빌 브라이슨, 『셰익스피어 순례』에서

그런 미스터리한 작가가 우리 곁을 떠난 지도 어느덧 400여 년이 지났다. 작가의 존재에 대한 풀리지 않은 미스터리는 더욱 확대 재생산될 것이다. 그렇더라도 그가 지었다는 위대한 희곡 작품은 여전히 이 시각 지구상의 어느 무대에서 입체적으로 되살아나 많은 사람들의 심금을 울릴 것이다.

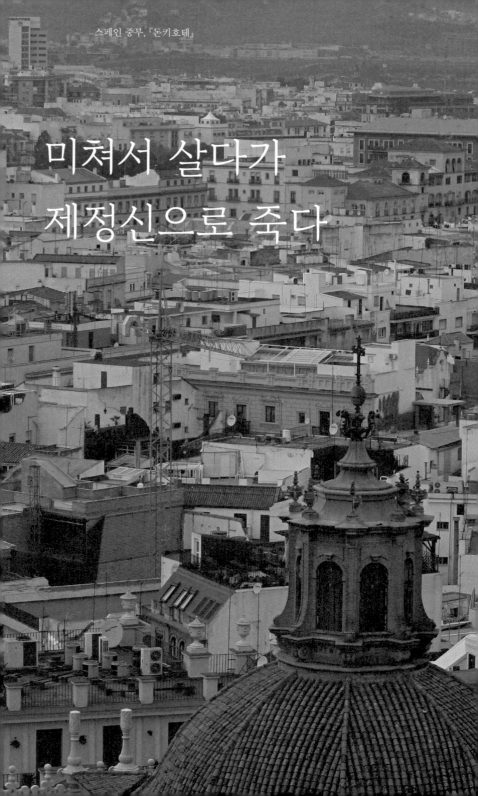

스페인 중부, 『돈키호테』

미쳐서 살다가
제정신으로 죽다

"용감한 시골 귀족, 이곳에 잠들다.
 탁월한 그대의 용기 죽음의 신도 그대 목숨
 죽음으로써 빼앗지 못했다고 세상 사람들
 전하도다. (중략) 광인으로 세상을 살다가
 본정신으로 세상 떠났으니"

미겔 데 세르반테스 시아베드라,
『돈키호테』에서

현존하는 가장 유명한 묘비명은 버나드 쇼의 것으로 알려진
(번역에 이견이 있지만) '우물쭈물 하다가 내 이럴 줄 알았지'라는
글일 것이다. 헤밍웨이의 '일어나지 못해 미안하오'라는 묘비명은
어떠한가. 셰익스피어의 실존 여부를 의심케 만든 그의 묘비명
'벗이여, 바라건대 여기 묻힌 것을 파헤치지 마라. 내 뼈를
움직이는 자에게는 저주가 있으리니'도 기억해 둘 만하다. 허구의
소설까지 꼽는다면 나는 여기에 서양 문학사상 가장 유명한
불세출의 캐릭터인 돈키호테의 묘비명을 더하고 싶다. '광인으로
살다가 제정신으로 죽었다'라는 소설(속편) 속 묘비명 문구는
돈키호테의 파란만장한 만년의 삶을 요약한 가장 간결하면서도
통렬한 문구다. 꽤 두꺼운 소설 『돈키호테』 속의 삶을 이처럼
기막히게 요약한 묘비명이 또 있을까 싶다.

　　　스페인 중부의 카스티야 지방. 거기에 라만차라는 고장에
기사도 소설에 푹 빠져 마침내 자신을 중세의 용맹한 기사로
착각하여 모험을 떠나는 늙은 귀족의 무용담이 『돈키호테』다.
여기에 자신을 도와 공을 세우면 섬 하나를 뚝 떼어주겠다는
돈키호테의 말에 혹해 그를 쫓아다니는 시종 산초 판사가
있고 돈키호테의 늙은 망아지 로시난테, 그리고 돈키호테가
어느 왕국의 공주로 착각한 여인 둘시네아 등이 소설의 주요
등장인물이다. 결코 낯선 이야기가 아니다. 『돈키호테』를
읽어보지 않은 사람도 어느 정도 아는 얘기다. 그러나 돈키호테를

모르는 사람도 없지만 제대로 읽어본 사람도 별로 없는 듯하다. 왜 그런가? 우선 만만치 않은 분량 때문에 선뜻 손이 가지 않을뿐더러, 400여 년 전 글이 쉽게 읽히지 않을 거라는 선입견 탓도 있다. 그러나 『돈키호테』의 책장을 뒤적여보면 뜻밖에도 술술 읽히면서 군데군데 읽는 이를 키득키득거리게 만드는 데 놀라게 된다. 400여 년 전에 씌었다고 믿기 어려울 정도로 세련되고 지적인 소설이 또 있을까 싶다. 작가 본인을 소설에 과감히 언급하고 등장시키는 포스트모더니즘 시대의 소설 기법이 벌써 400여 년 전 이 소설에 시도된 것을 보고 나는 얼마나 놀랐는지 모른다.

"미겔 데 세르반테스의 『라 갈라떼아』로군요. (중략) 그 세르반테스도 오래전부터 내 친구지. 그리고 내가 알고 있는 바에 따르면 그 사람은 노래보다 속세의 고생에 더 익숙한 사람이야. 그 책 속에는 약간 기대할 만한 구석도 있지. 무엇을 내놓고 아무런 결말을 내놓지는 않았지만 말야. 마땅히 있어야 할 속편이나 기다릴 수밖에는. 약간 손질만 하면 지금은 못 받고 있는 인기도 얻을 수 있을 거야."

미겔 데 세르반테스, 『돈키호테』에서

스페인 중부,『돈키호테』

미처서 살다가
제정신으로 죽다

나는 이 만만하지 않은 책을 스페인의 여행길에서 읽어나갔다.
바르셀로나에서 수도 마드리드로, 거기서 근방의 세고비아와
톨레도 같은 오래된 도시를 다녀왔고, 길을 꺾어 남부로 내려와
세비아와 그라나다까지 오는 동안 몇 날 며칠이 흘렀고
『돈키호테』의 책장도 홀쭉해졌다. 특히나 마드리드에서 남부의
안달루시아 지방으로 향하는 버스에서 차창 밖으로 보이던
카스티야 지방의 풍광은 『돈키호테』의 책장 속 풍광과 기가
막히게 호응했다. 그 헐벗은 듯 기름진 땅 어딘가에 앙상한 말 위에
무거운 철갑을 두른 늙은 기사가 금방이라도 달려올 듯했다.

　　　　러시아의 작가 투르게네프가 말했던 것으로 기억하지만,
서구 문학사가 탄생시킨 대표적인 두 인간형으로 흔히 셰익스피어의
대표 캐릭터인 '햄릿형 인간'과 세르반테스의 대표 캐릭터인
'돈키호테형 인간'을 꼽는다. 전자는 생각과 고민이 많아 행동으로
곧바로 나서기를 주저하는 인간이지만, 후자의 인간은 생각이고
자시고 없이 일단 저지르고 보는 행동형 인간의 표상이다.
어떤 인간형이 더 훌륭하고 바른 것인지는 판단할 수 없지만,
돈키호테 같은 캐릭터에 연민과 매력이 느껴지는 건 어쩔 수가
없다. 근대 소설 같은 현란한 문체나 심오한 주제의식은 없지만,
저물어가는 중세와 동터 오는 근대를 온몸으로 구현한 문제적 인물
돈키호테는 인류 역사가 만들어낸 가장 위대한 캐릭터라 해도
지나치지 않다. 스페인어권 나라에 가보면 돈키호테와 산초 판사의
동상을 이따금 마주치는데 그 조각상을 감상하는 것도
즐겁고 반가운 일이다.

주지하다시피『돈키호테』의 작가 세르반테스는 전쟁에 나가
총탄에 맞아 평생 왼팔을 쓰지 못하게 되었고 해적들에게 잡혀가
5년간 노예 생활을 하다 간신히 구출되었으며, 세금 징수원으로
일하며 실적을 올리지 못해 감옥에 갇히는 등 불우하고도
파란만장한 일생을 산 사람이다. 그를 일약 세계적인 작가로
올려놓은『돈키호테』를 내놓고도 경제적으로는 별다른 이득을
얻지 못하기도 했다. 같은 시기 저 먼 섬나라에서『햄릿』등
4대 비극을 토해낸 셰익스피어가 왕실의 잘 나가는 극작가로
인정받았던 것과는 퍽 대조적이다. 그들은 공교롭게도 같은 해,
같은 날 사망한 것으로 기록되어 있다. 4월 23일. 지금 우리가
'책의 날'로 기념하고 있는 바로 그날이다.

미처서 살다가
제정신으로 죽다

스페인 중부, 『돈키호테』

미쳐서 살다가
제정신으로 죽다

찰스 디킨스, 『두 도시 이야기』

최고의 시절이자
최악의 시절

최고의 시절이자 최악의 시절, 지혜의 시대이자
어리석음의 시대였다. 믿음의 세기이자 의심의
세기였으며, 빛의 계절이자 어둠의 계절이었다.
희망의 봄이면서 곧 절망의 겨울이었다.
우리 앞에는 모든 것이 있었지만 한편으론
아무것도 없었다. 우리는 모두 천국으로
향해 가고자 했지만 우리는 엉뚱한 방향으로
걸어갔다.

찰스 디킨스, 『두 도시 이야기』 첫 구절

1996년이던가, 예술의전당에 오른 뮤지컬 〈레 미제라블〉을 보고 구입한 뮤지컬 OST는 내가 지난 20여 년 새 가장 많이 감상한 음반이다. 그 음반에서 사랑을 얻지 못한 에포닌의 아리아 〈On My Own〉을 가장 좋아한다. 사랑에 빠진 청년 마리우스와 코제트가 함께 부르는 〈A Heart Full of Love〉에 슬쩍 끼어든 (역시 마리우스를 짝사랑한) 에포닌의 절망의 가사는 내 마음을 허물어뜨리곤 했다. 국가 권력의 무자비한 폭력 앞에 혁명이 실패로 돌아간 뒤, 혼자 살아남은 청년 마리우스가 친구들과 혁명을 모의했던 장소를 찾아와 부르는 절절한 곡 〈Empty Chairs at Empty Tables〉는 어떤가? 실패한 사랑, 실패한 혁명. 모름지기 노래는 실패하고 낙망한 사람들의 마음을 읊어야 듣는 이의 마음을 울리는 법인가.

　　　　빅토르 위고의 『레 미제라블』과 함께 혁명기 프랑스를 다룬 소설 중 쌍벽을 이루는 작품이 영국 소설가 찰스 디킨스가 쓴 『두 도시 이야기』이리라. 동남아나 인도, 세계 어느 여행지에 가도 뜻밖에 많은 서구 여행자들이 즐겨 읽는 작가가 찰스 디킨스였다. 『위대한 유산』이나 『데이비드 코퍼필드』 같은 책들이 여행자 숙소의 책꽂이마다 빠짐없이 꽂혀 있었다. 같은 영국 작가인 셰익스피어만큼이나 인기를 누리는 19세기 소설가인데 우리나라에서만큼은 그렇지 못한 듯하다. 톨스토이도 '19세기 최고의 문호'라며 존경해 마지않은 작가가 찰스 디킨스다. 『크리스마스 캐럴』과 『올리버 트위스트』 정도야 알고 있지만 이 거장 소설가를 제대로 만나기는 이 소설이 처음이었다.

『두 도시 이야기』의 첫 구절은 톨스토이의 『안나 카레니나』나 카프카의 『변신』에 비견될 만큼 멋진 문장이자 소설의 주제와 내용을 압축한 구절이기도 하다. 여기서 거론되는 '시절, 시대, 세기, 계절'이란 두말할 필요 없이 유럽 근대사의 큰 획을 그은 사건으로 유럽 전체를 격랑으로 몰고 갔던 프랑스 혁명의 즈음을 가리킨다. 프랑스 혁명을 전후하여 프랑스 파리와 영국 런던, 이웃한 '두 도시'를 오가며 벌어진 인간 드라마가 소설의 내용을 이룬다. 음모에 의해 18년간 바스티유 감옥에 비밀리에 수감되었던 전직 의사 마네트 박사가 마침내 석방되고 그의 딸인 루시와 재회하면서 시작된 이야기는 점차로 격렬해지는 혁명의 배경과 맞물리면서 흥미진진한 인간의 드라마를 펼쳐간다. 마네트 박사의 딸 루시를 사랑하는 두 청년 찰스 다네이와 시드니 카턴의 삼각관계가 흥미롭게 펼쳐지면서 그 배경에는 시시각각 광기와 야만에 빠져드는 프랑스의 정세가 펼쳐진다. 광기로부터 피신한 주인공들은 런던에서 숨을 고르고 마침내 루시와 찰스 다네이가 결혼에 성공하지만, 운명은 그들을 다시금 혁명의 소용돌이에 휩싸인 파리로 불러들인다. 굶주림과 울분, 광기와 야만이 극을 향해 달아오르는 파리에서 마침내 소설은 숭고한 사랑과 희생의 이야기로 끝을 맺는다. 토마스 칼라일의 『프랑스 혁명』에 영감을 받아 프랑스 혁명 당시의 살벌했던 파리 풍경을 소름끼치도록 생생하게 재현해낸 솜씨에, 작가는 청춘 남녀의 사랑 이야기를 버무려 놓음으로써 통속적 재미도

최고의 시절이자
최악의 시절

거머쥔다. 딱딱하고 복잡하게 얽힌 프랑스 혁명사를 그려낸
어떤 역사서보다도 당대의 시대상과 정신을 훌륭하게 그려낸
역사소설이자 낭만적 연애소설로 읽힌다.『올리버 트위스트』나
『크리스마스 캐럴』에서도 느껴진 것처럼 하층민에 대한 작가의
연민과 동정이 내내 마음을 따뜻하게 해준다.

이 책과 시대적 배경을 공유하는 빅토르 위고의『레 미제라블』이나
스탕달의『적과 흑』, 발자크의『고리오 영감』등을 읽는다면
18, 19세기의 프랑스, 아니 격변기 유럽의 전체 사회상을 어느 정도
읽어낼 수 있다. 현대를 만든 사건으로 기록될 만한 프랑스 혁명을
소설로 읽는 재미는 만만치 않다. 파리의 바스티유 부근이나
센 강가를 거닐며 지나간 역사를 담담히 떠올린다. 비록 절대
특권을 누리던 왕일지라도 잘못을 저지르면 단두대에 목이 싹둑!
잘릴 수 있다는 공통의 경험을 통해 유럽 혹은 서구는 이후 모든
사람은 법 앞에 평등하다는 민주주의의 정신을 꽃 피워나갔다.
여전히 대통령과 정치인, 자본가를 봉건시대의 왕이나 우리와는
다른 특별한 사람으로 추앙하는 우리네 민주주의는 어떠한가?
낡은 인식의 대대적인 혁명을 불러일으켰다는 데서 프랑스 혁명이
얼마나 대단한 사건인지 되새길 만하다.『두 도시 이야기』의
마지막 장면에서, 단두대에서 장렬한 최후를 맞는 주인공 카턴의
유언은 아직도 완벽한 자유, 평등, 박애를 이뤄내지 못한 절망의
세상을 살아가는 후대 독자들에게 의미심장한 여운을 남긴다.

나는 알고 있다. 이 깊은 구렁텅이에서 솟아난 아름다운 도시와
현명한 사람들이, 시간이 걸릴지언정 진정한 자유를 위해
투쟁하고 승리와 패배를 겪음으로써, 현재의 악행과 그것을
잉태한 예전의 악행이 스스로 속죄하고 사라지리라는 것을.

찰스 디킨스, 『두 도시 이야기』에서

최고의 시절이자
최악의 시절

시베리아
횡단열차
도서관

'안녕 라라, 저 세상에서 다시 만날 때까지.
안녕 내 사람, 안녕. 내 기쁨아, 무궁무진한,
그리고 영원한 내 기쁨이여.' 이윽고 썰매는
보이지 않게 되었다. '이제는 그들을 다시는
보지 못하리. 이제는 평생 그대를 보지 못하리'

보리스 파스테르나크, 『닥터 지바고』에서

사랑의 장면보다 이별의 장면이, 사랑 노래보다 이별의 노래가
우리에게 더 사무치고 오래 기억되는 까닭은 뭘까? 우리가
영화나 드라마 혹은 대중가요에서 더 많이 감동하고 공감하는 건
사랑보다는 이별의 장면이 아닐까? 사랑은 기대하지 않아도 거저
얻는 행운일 수 있지만, 이별은 언젠가는 닥쳐올 것을 기다리며
철저히 준비해야 하는 일이다. 마치 태어남과 죽음이 그러하듯이.
영원히 어떤 사람을 만나지 못하리라는 예감만큼 마음에
큰 아픔을 남기는 일이 또 있으랴. 그것이 사랑하는 사람이라면
더더욱. 시베리아로 나를 등 떠민 영화 〈닥터 지바고〉의 이별
장면도 주연 배우 오마샤리프의 웅숭깊은 눈망울이나 영화 내내
흐르던 〈라라의 테마〉만큼이나 가슴 저리게 기억된다. 혁명의
격랑에 휩쓸린 유약한 지식인은 시대와 함께 연인마저 멀리
떠나보내며 슬픈 운명의 유형을 감내해야 했다.

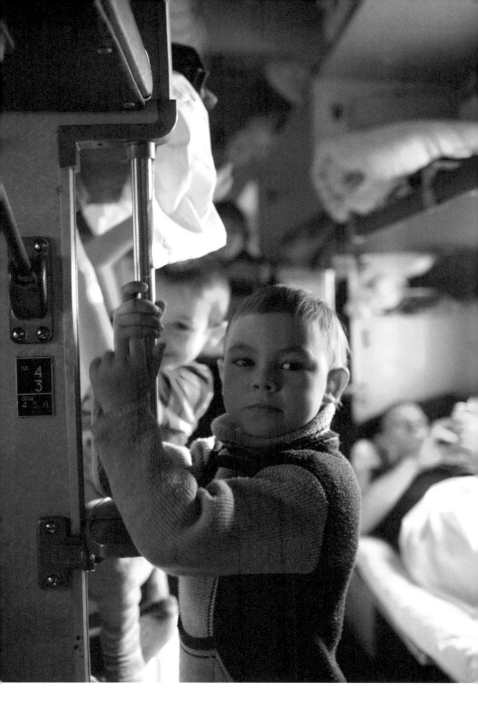

십여 년 전 초여름에 시베리아 횡단열차를 탄 적이 있지만, 나는 언제나 그건 가짜라고 생각해왔다. 시베리아 횡단열차는 반드시 겨울에 타야 제맛이라는 편견이 내 안에 굳게 자리 잡은 까닭이다. 겨울 시베리아에 대한 편견 아닌 편견을 갖게 된 데에는 영화 〈닥터 지바고〉의 탓이 크다. 뉘라서 안 그렇겠는가. 설원의 눈을 뚫고 달리는 기차 이미지를 너른 스크린으로 본 순간, 우리 가슴에 꿈이 하나 틈입해 들어와 앉는 것이다. 그래, 겨울 시베리아에 가서 불운했던 지식인 유리 지바고처럼 눈망울 가득 울다가 오리라. 영화가 불러낸 환상 때문에 시베리아 횡단열차를 탔고, 영화 때문에 결코 만만치 않은 원작 소설을 집어 들었다. 여행도, 소설도 영화가 전해준 느낌을 다시 살려주는 데 부족함이 없었다. 같은 듯 다르게 『닥터 지바고』의 느낌을 완성시켜주었다.

시베리아 횡단열차는 광활한 러시아의 중원을 가로지른다. 동쪽 끝 블라디보스토크에서 기차를 타 서쪽 종점인 모스크바까지 쉬지 않고 달려가면 9,288킬로미터를 꼬박 7~8일 동안 달려간다. 그 며칠 동안 개운한 세면은 물론, 머리를 감는 일이나 샤워 같은 건 아예 생각 않는 게 좋다. 5개의 시간대를 지나는 데다 한여름은 종일 밖이 환한 백야白夜 시즌이고 겨울엔 종일 밖이 어두컴컴한 밤이어서 낮과 밤, 기상과 취침, 끼니 개념은 하루 이틀 만에 무너지고 만다. 하지만 진정한 여행이란 목적지보다는 과정에 있다는 말을 이 여행만큼 오롯하게 가르쳐주는 여행이 또 있을까.

나는 그 무모함에 자신 없어 적당한 타협을 했다. 십여 년 전 여행에서는 시베리아 중간쯤 있는 도시 이르쿠츠크에서 기차를 잡아 서쪽 끝 모스크바까지 108시간이 걸리는 열차를 탔다. 이번 겨울 시베리아에서는 반대로 이르쿠츠크에서 동쪽 끝 블라디보스토크까지 74시간이 걸리는 열차를 탄 것이다. 어쨌거나 두 번에 걸쳐 시베리아 구간을 완주한 것이다.

시베리아 횡단열차, 『닥터 지바고』

겨울 시베리아는 뜻밖에도 따뜻했다. 열차 안에는 반바지를 입고 다니는 사람도 여럿 있었다. 간이역에서는 2~3분 만에 열차가 떠났지만, 큰 도시에서는 30여 분 이상을 정차하기도 했다. 그런 역에 서면 승무원들은 망치를 가져다 기차에 달라붙은 얼음을 깼고, 기차에 감금돼 있던 승객은 플랫폼에 나와 산책을 하거나 매점에 달려가 기차에서 먹을 군것질거리를 사왔다. 함께 위아래 침상을 쓴 세르게이 아저씨는 역에 설 때마다 내려 담배를 피워댔고, 객실에 돌아와서는 종일 보드카나 맥주를 마셨다.

영화 〈닥터 지바고〉에서는 창고와도 같은 기차 칸에 사람들이 뒤엉켜 짚더미에서 잠을 자면서 피난을 떠난다. 그런 열악한 기차에서 〈칼린카〉 같은 러시아 민요를 부르는 낙천적 장면 뒤로 기차는 망망한 설원을 헤치며 달린다. 가히 설국열차다. 소련이 건재하던 당시 제작된 영화라 실제 촬영은 캐나다 로키산맥에서 진행되었지만 시베리아를 향한 꿈을 부려놓기엔 부족함이 없다. 그 열차에서 『닥터 지바고』의 두꺼운 책장을 넘기며 진득한 독서 유배를 즐겨도 좋으리라. 노벨 문학상 수상자로 결정되고도 소련 정부와 작가동맹의 압력으로 상을 거부해야 했던 작가 파스테르나크는 두 해 뒤에 사망했다. 그의 작품이 복권된 것은 훨씬 뒤의 일이다. 작가 스스로가 불운했던 지식인 지바고였던 셈이다.

시리고 쓸쓸한 저녁, 차창 밖으로 이름 없는 간이역에서 한 중년의
여인이 건널목을 건너고 있었다. 두터운 코트를 입고 미끄러지지
않으려 조심조심 발을 딛던 쓸쓸한 뒷모습. 그 여인에게서
지바고가 사랑했던 여인 라라의 모습을 떠올리는 건 타당한
상상일까? 어디선가 〈라라의 테마〉가 들려왔다.

눈은 길을 덮고
비스듬한 지붕에 솜이불처럼 쌓인다
내가 다리를 뻗어 걸어가면
그대는 문밖에 서 있다

모자도 고무 덧신도 없이
가을 외투를 입고 혼자
그대는 흥분과 다투며
젖은 눈을 되새기고 서 있다 (중략)

그러나 이 모든 세월이 다 흐른 후에
우리는 세상에 없고
오직 소문만이 떠돌고 있을 때
우리는 어디서 온 누구란 말인가?

지바고가 쓴 시 「해후」에서,
보리스 파스테르나크 『닥터 지바고』에서

러시아 모스크바, 『안나 카레니나』 『부활』

톨스토이 선생님을
찾아뵙지 못하다

"행복한 가정은 모두 다 서로 비슷한 것이고,
불행한 가정은 어느 경우나 그 불행의 상태가
다른 법이다."

레프 니콜라예비치 톨스토이,
『안나 카레니나』 첫 구절

하루는 노작가가 자신의 손자가 열중해 읽고 있는 책이 궁금하여 무슨 책인지 물어보았다. 아이가 읽던 책은 자신이 언젠가 쓴 소설 『안나 카레니나』였다. 그러자 노작가는 "왜 그런 쓸모없는 책을 읽느냐"며 좀더 좋은 책을 읽을 것을 권했다고 한다. 이 괴팍하기 그지없는 작가의 이름은 레프 니콜라예비치 톨스토이. 도스토옙스키와 더불어 19세기 러시아 문학, 아니 유럽 근대문학의 높고 위대한 산맥을 이룬 대문호다. 하필 유럽의 변방에 머물러 있던 러시아에, 그것도 혁명의 기운이 높아만 가던 19세기 후반에 두 거장을 비롯하여 푸시킨, 고골, 투르게네프, 체호프 같은 대작가들이 한꺼번에 등장하게 되었을까? 명확히 설명해주는 이는 아직 없다.

　　　노년의 톨스토이는 극단적인 도덕주의자의 면모를 보이며 농민과 함께 직접 밭을 갈고 땀을 흘리며 자신의 사상을 착실히 실천해간다. 부유한 지주의 신분으로 태어난 자신의 한계와 민중에 대한 연민을 담아 『참회록』을 쓴 뒤로는 본격 소설 대신 농민을 위한 쉽고도 짧은 우화소설 창작에 몰두하였다. 「바보 이반」이나 「사람에겐 얼마만큼의 땅이 필요한가」 같은 소설이 그것. 하지만 만년의 톨스토이는 또 한 번 대작의 집필에 몰두하게 된다. 원시 기독교로 돌아갈 것을 주장하며 교회와 헌금, 납세와 병역의 의무를 기피하여 국가로부터 핍박받던 두호보르 종파를 돕기 위해서였다. 그들의 해외 이주를 돕기 위해

돈을 모금하고자 펜을 들어 쓴 작품이 최후의 대작 『부활』이다. 『부활』에는 톨스토이가 만년에 추구했던 사상이 그대로 집약되어 있다. 『부활』쯤이었다면 노작가가 손자에게 읽어도 좋다고 당당히 권했을지 모를 일이다.

그럼에도 불구하고 작품성에서 보면 여전히 『안나 카레니나』가 훨씬 더 불후의 명작으로 보인다. 『부활』의 다분히 교훈적이면서도 과격한 주장이 종종 비판받는 반면, 『안나 카레니나』만큼은 누구나 인정하는 걸작이다. 상트페테르부르크의 상류층 귀족 부인 안나가 젊은 장교 브론스키와 사랑에 빠지면서 전개되는 이야기로, 그녀의 이혼 요구를 받아들이지 않는 남편과 상류사회의 따가운 눈총 속에 점차 질식하여 파멸로 치닫는 안나의 비극이 짧지 않은 소설에 펼쳐진다. 사랑과 불륜, 파국의 결말은 소설과 영화의 단골 소재가 되어 왔다. 하지만 톨스토이가 그린 세계는 이보다 훨씬 더 폭넓은 것이었다. 자신의 이해관계와 신분에 맞게 살아가는 다양한 층위의 인물을 통해 당대 러시아 귀족의 속물성과, 결혼과 가족 제도의 문제, 성공과 출세의 문제, 자녀 교육의 문제, 노동과 땀의 문제, 진정한 지식인의 모습 등 사회 전반에 대한 입체적인 풍속도를 탄탄하게 그려내고 있다. 동시대 대문호 도스토옙스키조차 이 작품을 일컬어 '현대 유럽문학에서 비견할 만한 것을 찾아볼 수 없는 작품'이란 찬사를 바쳤으니 톨스토이의 명성은 당대에도 이미 드높은 것이었다.

톨스토이 선생님을
찾아뵙지 못하다

톨스토이 선생님을
찾아뵙지 못하다

겨울, 러시아로 여행을 떠나며 품 안에 챙겨간 책은 『부활』이었다. 팔순 가까운 나이에 써내려간 『부활』은 노작가가 말년에 추구했던 사상의 깊이와 준엄한 목소리에도 불구하고 어렵지 않게 읽혔다. 나는 그 여행에 시간을 내어 모스크바에서 남쪽으로 200킬로미터 떨어진 작가의 생가이자 무덤이 있는 마을 야스나야 폴랴나에 다녀오려 하였다. 하지만 여행사를 통하지 않고 직접 대중교통을 이용해 다녀오려던 내 걸음은 결국 그의 생가에서 멀지 않은 대도시 툴라에서 되돌려져야만 했다. 딱 하루 시간 여유가 있는데 그 하루를 기차 안에서 다 허비한 것이다.

　　선생의 생가를 끝내 만나지 못하고 돌아온 뒤, 그 길로 기차를 타고 러시아 북부를 한참 여행했다. 다시 모스크바로 돌아온 날 도시에 함박눈이 내렸다. 흰 눈에 점령당한 붉은 광장을 걸으며 차르 황제와 혁명가의 시대도 지나, 이제는 백화점과 회전목마와 관광객이 넘쳐나는 찬란한 도시를 맞닥뜨렸다. 역사와 권력은 허망하고 유한한데 사람들의 삶은 계절마다 변함없는 눈처럼 영원해 보였다. 행복한 가정이든 불행한 가정이든 인간 삶의 고뇌와 영원함을 탐구하는 이들이 작가일 터. 톨스토이 선생을 만나지 못하고 따뜻한 모스크바의 눈을 만났다.

몇 십만이나 되는 인간들이 지상의 한 작은 지역에 모여 서로 밀치락달치락하며 그 땅을 보기 흉하게 만들려고, 아무것도 자라지 못하게 땅바닥을 돌멩이로 덮고, 그 틈 사이로 자라는 모든 잡초의 싹을 뽑아내고, 그 대기를 석탄과 가스의 연무로 채우고, 나무들을 잘라내고, 또 모든 짐승과 모든 새들을 내쫓는 등, 제 아무리 노력을 다하였다고 해도 – 그러나 봄은 역시 봄이었다.

톨스토이, 『부활』 첫 구절

러시아 모스크바, 『안나 카레니나』『부활』

톨스토이 선생님을
찾아뵙지 못하다

나는 왜 이렇게
똑똑한가!
나는 왜 이렇게
훌륭한가!

만일 신들이 존재한다면, 어떻게 내가 신이
아니라는 사실을 참고 견딜 수 있을 것인가?
그러므로 신들은 존재하지 않는 것이다.

프리드리히 니체,
『차라투스트라는 이렇게 말했다』에서

공부는 하지 않고 데모만 열심히 하던 친구가 있었다. 사회에 나와 회사 생활을 처음 시작하던 무렵, 우연히 전철에서 그를 만났다. 그런데 녀석은 그새 우리나라 최상위권의 대학원에 다니고 있다고 했다. 전공은 니체라고 했다. 정말 엉뚱한 녀석이었다. 녀석이 대학시절 몸과 맘을 던진 학생운동과 니체는 어떻게 연결되는 걸까?

　　　　니체를 대충 밖에 모르는 나에게 녀석이 책 하나를 알려줬다. 『이 사람을 보라』가 그것. 녀석이 해준 얘기가 골 때렸다. 엄청난 책과 사상을 토해낸 철학자 니체가 사망 전 10여 년을 정신병자, 그러니까 바보로 살았다는 것. 그렇게 제정신이 아닌 망각의 세계로 들어가기 전 거의 마지막으로 쓴 저작이 『이 사람을 보라』라는 것. 그 책의 차례가 이렇다는 것이다. '나는 왜 이렇게 현명한가' '나는 왜 이렇게 영리한가' '나는 왜 이렇게 좋은 책을 쓰는가' 등등. 여기서 '나'(그리고 '이 사람')는 물론 니체 자신을 일컫는 말이다. 그 얘기를 듣고 뭔가에 한 대 세게 얻어맞은 느낌을 받았다. 니체가 괜히 니체가 아니구나! 자신이 곧 영원한 망각의 세계로 들어설 것을 예견한 것처럼 마지막으로 토해낸 책의 내용이 엄청났다. 세상에 이런 책이 또 있을까?

대학시절, 좋아했던 여학생이 종종 언급해서 나 역시 군대의 취침등 아래서 제법『인간적인, 너무나 인간적인』같은 책을 탐독했다. 두꺼운 책이지만 내용이 이어지는 것이 아니라 짤막한 아포리즘이 느슨하게 나열돼 있어 비교적 어렵지 않게 읽은 책이었다. 그러나『차라투스트라는 이렇게 말했다』는 몇 번이나 읽으려다 포기했는데 그것이 내게 열등감을 주었다. 훗날 알고 보니 그 책은 쉽게 읽힐 책이 아니었다. 한때 프로이트의 제자였던 칼 융조차 그 책을 여러 사람과 스터디하며 한두 해에 걸쳐 간신히 읽어냈다고 하지 않던가. 그런 얘기를 듣고『차라투스트라는 이렇게 말했다』를 감명 깊게 읽었다는 사람들을 좀 의심스러운 눈으로 쳐다보곤 했다. 정말 제대로 읽어본 거야?

나는 왜 이렇게 똑똑한가!
나는 왜 이렇게 훌륭한가!

독일 뢰켄, 『차라투스트라는 이렇게 말했다』

나는 왜 이렇게 똑똑한가!
나는 왜 이렇게 훌륭한가!

니체는 참으로 매력적인 사람이다. 서양의 근대를 열고 창조했다고도 할 수 있는 데카르트의 철학을 전면적으로 부정한 (거의) 최초의 철학자로 니체가 거론된다. 질서와 합리의 아폴론적인 세계가 아닌, 무질서와 쾌락의 디오니소스적 세계를 옹호한 그의 첫 저작 『비극의 탄생』부터가 그랬다. 논쟁의 여지가 있는 니체의 사상으로 인해 그는 한때 나치즘의 사제로도 불렸고, 사후에는 그의 여동생 엘리자베스와 여러 지인을 통해 나치에게 이용당하기도 했다. 게오르그 루카치 등의 사회주의 학자들은 니체를 '자본주의와 제국주의, 파시즘의 옹호자'로 몰아세웠는가 하면, 토마스 만이나 카뮈 등은 니체가 나치즘이나 파시즘으로 치부되는 것은 부당하다고 주장했다. 아도르노, 알튀세, 리오타르 등의 학자들은 니체와 마르크스를 결합하려고 했고, 후기 구조주의 학자들인 하이데거, 들뢰즈, 데리다, 푸코 등도 니체를 새로운 관점으로 해석하려 노력했다. 그렇게 니체는 죽을 수 없었다. 니체의 철학은 살아 생동하는 철학, 새롭게 조명되는 철학으로 지금까지 이어지고 있다.

밀란 쿤데라의 대표작 『참을 수 없는 존재의 가벼움』에 나오는 다음의 대목은 니체의 삶과 일생, 죽음을 표현하는 가장 압도적인 문장으로 읽힌다.

토리노의 한 호텔에서 나오는 니체. 그는 말과 그 말을 채찍으로 때리는 마부를 보았다. 니체는 말에게 다가가 마부가 보는 앞에서 말의 목을 껴안더니 울음을 터뜨렸다. 그 일은 1889년에 있었고, 니체도 이미 인간들로부터 멀어졌다. 달리 말해 그의 정신 질환이 발병한 것이 정확하게 그 순간이었다. 그런데 내 생각에는 바로 그 점이 그의 행동에 심오한 의미를 부여한다. 니체는 말에게 다가가 데카르트를 용서해 달라고 빌었던 것이다.

밀란 쿤데라, 『참을 수 없는 존재의 가벼움』에서

나는 왜 이렇게 똑똑한가!
나는 왜 이렇게 훌륭한가!

독일 중부의 도시 라이프치히에 갔다가 니체의 생가와 무덤이 있다는 작은 마을 뢰켄까지 찾아가게 되었다. 니체의 무덤을 찾아가려 마음먹으니 『차라투스트라는 이렇게 말했다』의 그 어려운 구절이 그제야 내 마음의 문을 열어젖히고 흘러 들어왔다. 비로소 책을 찬찬히 읽어낼 수 있었다. "너는 너 자신을 멸망시킬 태풍을 네 안에 가지고 있는가?"라고 외치는 단호하면서도 통렬한, 그러면서도 훤하게 밝아오는 니체의 세계. 건강한 자의 모험으로 기꺼이 병을 앓을 것을 종용하는 니체. 그의 무덤 곁에는 '나' 아닌 또다른 '내'가, 서로가 서로를 바라보는 세 명의 벌거벗은 니체의 형상이 기념물로 세워져 있었다. 그가 홀로 찾아온 여행자에게 다시 질문을 던졌다.

우리는 모든 가치를 전도시킬 수 없는가? 악은 선이 아닐까? 신은 악마의 발명품이며 세공품이 아닐까? 어쩌면 모든 것이 궁극적으로 잘못이 아닐까? 그리고 만일 우리들이 기만당하고 있다면, 바로 그 때문에 우리는 또한 기만자가 아닐까?

니체, 『인간적인, 너무나 인간적인』에서

나는 왜 이렇게 똑똑한가!
나는 왜 이렇게 훌륭한가!

책을 던져라,
맨발로
모래를 느껴라!

다른 사람들은 작품을 발표하거나 일을 하고
있는데 나는 오히려 3년 동안이나 여행을 하며
머리로 배운 모든 것을 잊어버리려 했다.
배운 것을 비워버리는 그러한 작업은 느리고도
어려웠다. 그러나 그것은 사람들로부터
강요당했던 모든 배움보다 나에게는
더 유익하였으며, 진실로 교육의 시작이었다.

앙드레 지드, 『지상의 양식』에서

도무지 책이 눈에 들어오지 않는 날에도, 그저 아무 데나 펼쳐 뭘 읽는다 할 수도 없이 오 분이나 십 분쯤 글자를 주섬주섬 읽다가 아무 때고 덮어둘 수 있는 그런 책을 사랑한다. 침대 머리맡에 두고 읽다가 아무렇게나 던져놓고 잠으로 빠져 들 수 있는 그런 책을 사랑한다. 책은 처음부터 끝까지 꼼꼼히 읽어야 한다고 누가 가르치기라도 했단 말인가? 책은 손에 쥐는 것만으로도 반쯤은 읽은 거라 말한 사람도 있다. 나는 그런 말을 사랑한다. 책읽기란, 아무튼 숙제가 아닌 쾌락이어야 마땅할 터.

여행도 그렇다. 딱히 어딜 가겠다고 잔뜩 벼른 것도 아니고 뭔가를 위해 애쓰겠다는 것도 아닌 그런 여행이라야 좋다. 여행은 배움의 공간이지만 비움의 시간이기도 한 것. 머리를 비우고 마음을 텅 비우는 것 역시 우리가 진정 배워야 할 소양이 아닐까. 나는 그런 '텅 빈 여행'을 사랑한다. 정해놓은 목적지 없이 버스터미널 시간표의 낯선 지명 앞에 서는 그런 시간을 사랑한다.

오로지 태국만을 목적지로 삼고 온 적은 별로 없다. 인도나 네팔, 파키스탄이나 동남아로 몇 달, 몇 주일씩 다녀오던 여행 앞뒤로 잠시 들른 곳이 태국이다. 준비운동 여행이나 디저트 여행이라 불러도 될 만한. 어떤 때는 스톱 오버를 이용해 이른 새벽 태국 국제공항에 내려 종일 방콕 시내만 돌아다니다 그날 밤 비행기로 돌아온 여행도 있었다.

그 여름 파키스탄을 여행하고 돌아오던 길에도 태국에 들렀다. 찾아간 곳은 '코창'이라는 섬. '코~'라는 접두사가 섬을 의미한다. 코사무이, 코팡간, 코피피, 코사멧, 코따오 등등. 여러 섬에 가보았던 나는 이번에는 코창이란 섬에 끌렸다. 공항에서 충동적으로 코창행 버스를 잡아탄 것이다.

코창까지는 너무 멀었다. 이른 아침 출발한 버스가 섬으로 넘어가는 선착장에 오후가 다 되어 도착했고 코창에서 마땅한 숙소를 잡으니 늦은 오후가 되어 있었다. 금세 저녁이 찾아왔다. 생각보다 해변은 고요하고 쓸쓸했다. 우리가 묵은 방갈로의 식당에도 손님은 몇 안 되었고, 하품하는 직원과 한껏 게을러 보이는 강아지, 털털 돌아가는 선풍기가 분위기를 더욱 한가롭게 만들었다. 바다도 고요했다. 가장 지쳐버린 물들만이 그 바다의 파도가 되어 찾아와 힘겹게 모래 끄트머리를 적실 뿐이었다.

그런 분위기가 좋았다. 일부러 세상을 떠돌아도 쉽게 찾을 수 없는 쓸쓸함이 거기 가득했다. 바다가 태양을 품으면 찬란함으로 가득하고, 낭만을 품으면 사랑으로 가득하고, 분노를 품으면 파괴로 가득하겠지만, 쓸쓸함을 품으면 얼마나 거대한 슬픔과 고독을 빚어내는지 알 것 같았다.

책을 던져라,
맨발로 모래를 느껴라!

태국 코창, 『지상의 양식』

책을 던져라,
맨발로 모래를 느껴라!

여행의 땀내가 잔뜩 밴 옷가지를 빨아 방갈로 앞 빨랫줄에 넌 뒤 시원한 태국 맥주를 곁들여 저녁식사를 했다. 그리고 가져온 책을 읽었다. 앙드레 지드의 『지상의 양식』은 대학 때 읽으려다 포기한 책인데, 마르탱 뒤 가르, 카뮈, 롤랑 바르트 등 후배 작가를 비롯해 20세기 문학청년들에게 지대한 영향을 끼친 책으로 알고 있지만, 시적이고 비논리적인 잠언체 글이 쉽게 읽히지 않았다. 니체의 『차라투스트라는 이렇게 말했다』의 영향이 여실하게 느껴지는데 자꾸만 막히다가 책을 던져버렸었다.

　　　책의 맛을 충분히 알고 이해하기 위해 그토록 오랜 시간이 필요했던 것일까. 잠언과도 같은 글을 자유로운 바다 앞에서 펼치니 지난날의 어려움은 사라지고 작가가 구절구절 숨겨놓은 사색과 고뇌, 의도가 눈에 들어왔다. '차라투스트라'를 외치는 선지자 니체처럼, '나타니엘'과 '메날크'라는 가상의 등장인물을 등장시켜 펼쳐가는 작가의 목소리도 준엄하면서도 자못 선동적이었다.

나타니엘이여! 우리는 언제 모든 책들을 다 불태워버리게
될 것인가! 바닷가의 모래가 부드럽다는 것을 책에서 읽기만
하면 다 되는 것이 아니다. 나는 내 맨발로 그것을 느끼고
싶은 것이다. 감각으로 먼저 느껴보지 못한 일체의 지식이
내겐 무용할 뿐이다.

앙드레 지드, 『지상의 양식』에서

나는 이렇듯 과감히 책을 버릴 것을, 그리고는 책 대신에
자연과 삶, 거리와 사람들 속에 더 많은 것을 읽고 배울 것을
충고하는 책들을 사랑한다. 서평가 이현우가 "책은 전부다.
그런데 이 전부인 책들은 책이 전부가 아니라고 말한다"라며
얘기한 '책의 패러독스'가 혹시 이런 게 아닐까 싶다.

'내 생각에는 길가에 피어 있는 꽃 한 송이나 기어 다니는
작은 벌레 한 마리가 도서관을 가득 채운 모든 책들보다
더 많은 것을 말하고 더 많은 것을 함축하고 있지 않을까 싶어.'

헤르만 헤세, 『나르치스와 골드문트』에서

책을 던져라,
맨발로 모래를 느껴라!

당신 책을 한 무더기 쌓아놓고 불이나 놓아버리쇼. 그러고 나면
누가 압니까. 당신이 바보를 면할지.

니코스 카잔차키스, 『그리스인 조르바』에서

산티아고에게도 길을 떠나던 날부터 읽으려 했던 책이 한 권
있었다. 그러나 대상 행렬을 바라보거나 바람 소리를 듣는 것이
훨씬 더 재미있었다. 그는 자신의 낙타를 더 잘 알고 싶었고,
낙타와 친해지기 시작하자 책을 던져버렸다. (중략) 책은 이젠
그에게 그저 무게만 나가는 쓸모없는 물건이었다.

파울로 코엘료, 『연금술사』에서

엄격한 청교도 집안에서 자란 지드가 몇 차례 아프리카
여행을 통해 생각하고 메모해둔 글을 독특한 형식으로 구성해낸
『지상의 양식』은 소설도 시도 될 수 없는 모호함으로 인해 오랫동안
외면 받아왔다. 1897년 처음 출판된 책이 10년간 500부 정도만
팔렸으며, 초판 1,650부가 소진되는 데에도 18년이 걸렸다 하니
지드의 실험과 파격이 얼마나 난해하고 독창적이었는지 알 만하다.

책을 던져라,
맨발로 모래를 느껴라!

이튿날에도 해변을 어슬렁거렸다. 지난 저녁에 만났던 어부 한 명이 해변 반대편에서 걸어오다 나와 마주쳤다. 어깨에 질러 멘 얄팍한 그물과 잡은 물고기를 담을 작은 비닐부대가 그가 갖춘 전부였다. 그도 검은 얼굴에 흰 미소를 지으며 눈인사를 건넸다. 그러곤 잡은 물고기를 꺼내 보여주었다. 물고기의 은빛 몸뚱이가 코창의 탁한 바다를 온통 환하게 밝혀놓았다.

서문에서도 밝히고 있듯이 『지상의 양식』은 '도피와 해방'의 교과서, 쾌락을 권유하는 책으로 읽힌다. 섬약했던 저자가 큰 여행을 통해 자신을 변화시킨 뒤 고뇌하는 젊은이에게 생에 좀더 과감해질 것을 충고한다. 정신보다는 육체를, 미래나 과거보다는 현재를, 남이 아닌 자신의 삶에 충실하기를 단호하고도 시적인 어조로 충고하고 있다.

해변을 떠난다는 생각도 없이 해변을 떠났고 일상에 돌아온다는 생각도 없이 새로운 일상을 시작하였다. 분명한 것은, 여행을 떠나기 전과 나는 틀림없이 뭔가가 달라져 있었다는 것이다.

책을 던져라,
맨발로 모래를 느껴라!

밑줄 긋는
여행자

현대 물리학으로 인한 이러한 전환은 지난
수십 년 사이 많은 물리학자들과 철학자들에
의해서 폭넓게 논의되어왔지만, 이런 변화들이
동양의 신비주의 속에 자리 잡고 있는 관념과
매우 유사한 방향의 세계관으로 나아가고
있다는 데 대해서 좀체 깨닫지 못하였던 것
같다. 현대 물리학의 제 개념들은 극동의
종교 철학에 표명된 여러 아이디어들과 놀라운
유사성을 보여주고 있다.

프리초프 카프라,
『현대 물리학과 동양사상』에서

덴마크 코펜하겐, 『현대 물리학과 동양사상』

버스나 기차, 비행기나 배에서 책을 읽는 것을 좋아한다.
집이나 회사, 카페에서는 책을 잘 읽지 못하는 편이다. 책을 읽기
위해서 나는 차를 몰고 출근하는 대신 버스나 지하철 같은
대중교통을 이용한다. 지방으로 여행을 갈 때에도 대중교통을
주로 이용하는데, 역시 책을 읽기 위해서다. 차창에 기대 책을
읽다가 창밖에 흐르는 풍경에 이따금 눈을 돌려, 책과 땅을 번갈아
읽는 독서를 좋아한다. 나의 이런 얘기나 글을 접하고는 자신은
움직이는 탈것 안에서는 어지럽고 울렁거려 책을 읽지 못한다고
얘기하는 사람들이 많았다. 아무튼 나는 탈것 안에서 책을 읽기에
좋은 육체를 부모로부터 물려받은 모양이다.

　　수많은 여행들이 내게 많은 선물을 안겨주었다. 도서관에
몇 시간을 죽치고 앉아서도 읽지 못했던 어마어마한 책들을
읽어낸 것이 여행을 통해서였다면 믿을 수 있겠는가? 중국을
가로질러 실크로드나 티베트로 가는 수십 시간의 기차와
버스에서 나는 우리 작가 박상륭의 장편소설『죽음의 한 연구』를
마침내 읽을 수 있었다. 역시 수십 시간을 달리던 시베리아의
열차에서 읽은 것도 엄청나게 두꺼운『닥터 지바고』나 만만치
않은 소설인『거장과 마르가리타』『부활』등이다.『돈키호테』
『선과 모터사이클 관리술』『파우스트』같은 책들도 그랬다. 이런
독서 편력 중 압권은 정말로 읽고 싶었으나 좀체 엄두가 나지 않던
프리초프 카프라 교수의『현대 물리학과 동양사상』을 읽어낸

일이다. 이 책은 겨울 북유럽 여행길에 가져갔는데, 북유럽과 딱히
어떤 연관이 있는 것은 아니지만 너무나 읽고 싶었던 데다 이제는
때가 되었다 싶어 챙겨간 것이다. 그리고 마침내 길 위에서 이
책을 읽어내게 된다. 내가 현대물리학에 관한 책을 읽어내다니!
이따금 자신이 자랑스러울 때가 있다면 이런 책을 읽어낸 때가
아니겠는가?

　　　　아무 상관없을 줄 알았던 북유럽 여행길에 이 책은
그럭저럭 잘 갖고 온 책이 되었다. 이 책에 종종 언급되는
세계적인 물리학자 가운데 닐스 보어라는 사람이 있는데, 그가
바로 내가 여행 마지막에 찾은 덴마크 출신의 과학자였던 것이다.
'상대성 이론'의 아인슈타인과 '불확정성 원리'를 얘기한
하이젠베르크와 더불어 20세기 가장 위대한 물리학자로
일컬어지는 닐스 보어. '원자 이론'을 확립하고 고향인 코펜하겐에
물리학 연구소를 열면서 코펜하겐을 일약 양자역학의 성지로
만든 장본인인 닐스 보어는 노벨 물리학상까지 수상하였다.
그런 보어가 현대 물리학과 동양의 오래된 사상을 연결 지으며
말한 다음과 같은 구절을 어찌 흘려들을 수 있겠는가?

원자 이론의 가르침에 대응하기 위해서는 (중략) '우리는'
부처나 노자와 같은 사상가들이 일찍이 부딪쳤던 인식론적
문제로 '되돌아가야' 할 것이다.

닐스 보어의 말, 프리초프 카프라,
『현대 물리학과 동양사상』에서

       긴긴 비행시간과 북유럽의 긴 겨울밤은 현대 물리학과
동양의 전통사상을 연결 짓고 고증하는 묵직한 책을 집중해서
읽게 해주었다. 닐스 보어 외에 아인슈타인과 하이젠베르크의
물리학 이론까지도 인도, 중국의 종교, 철학과의 유사성을 밝히고
있으니 실로 놀라운 책이 아닐 수 없다. 1970년대 번역 소개되어
판형을 거듭하며 지금까지도 꾸준히 읽히는 책의 저력을 새삼
느낄 만하다. 딱딱한 물리 이론이 조금 쉽게(그러나 역시 어렵다)
설명되어 동양사상과의 접점을 찾는 데까지 나아가는 것도
빛나지만, 특히 힌두교, 불교, 도교, 유교, 선禪 등 동양사상을
개괄하여 현대물리학으로 유인하는 저자의 해박함과 치밀함에
매료될 수밖에 없다.

자연계는 무한히 다양하고 복잡한 세계로서 거기에는
직선이나 완전한 정각형은 들어 있지 않으며, 사건이 정연한
순서대로 발생하는 것이 아니라 모두가 한데 어울려서 일어난다.
현대 물리학이 말해주듯이 막막한 우주 공간까지도
휘어져 있는 것이다.

프리초프 카프라, 『현대 물리학과 동양사상』에서

양자론은 우리로 하여금 우주를 물리적 대상들의 집합으로서가
아니라 통일된 전체의 여러 가지 부분들 사이에 있는 복잡한
관계망으로서 보게 한다. 그런데 이는 동양의 신비가들이
세계를 체험했던 방법으로서, 그들 중의 몇몇은 그 체험을 원자
물리학자들이 쓴 것과 거의 같은 말로 표현하였다.

프리초프 카프라, 『현대 물리학과 동양사상』에서

코펜하겐의 숙소에 짐을 부려놓고 시 외곽의 아름다운 루이지애나 현대미술관이며, 유명한 미술작품을 다량 보유하고 있는 시내의 칼스버그 미술관, 독특한 건축 양식의 블랙다이아몬드 도서관 등을 섭렵하며 다녔다. 국민 행복지수 1위 국가로 언급되며, 노벨상 수상자를 16명이나 배출했다는 덴마크의 분위기는 상당히 학구적이고 문화적인 느낌을 주었다. 『현대 물리학과 동양사상』 같은 심오한 책을 읽기에 맞춤한 분위기라고나 할까?

　　　반쯤이라도 제대로 이해했다고 말하긴 어렵지만, 뉴튼과 데카르트가 구축한 근대 과학과 세계관을 넘어선 현대 물리학의 쟁점들과 그것을 동양의 사상들과 연결 짓는 이런 책을 읽어냈다는 것, 게다가 길 위에서 그걸 읽어냈다는 것에 나는 스스로를 대견하게 생각했다. 그렇게 떠다니다 보니, 나는 여행이라는 도서관에서 밑줄을 그으며 공부하는 여행자가 되어 있었다.

덴마크 코펜하겐, 『현대 물리학과 동양사상』

인도네시아 방카 섬, 『침묵의 봄』

인간 없이
시작된 세상,
인간 없이
끝날 세상

생명이란 인간의 이해를 넘어서는 기적이기에
이에 대항해 싸움을 벌일 때조차도 경외감을
잃어서는 안 된다. 자연을 통제하기 위해
살충제와 같은 무기에 의존하는 것은 우리의
지식 능력 부족을 드러내는 증거이다.
자연의 섭리를 따른다면 야만적인 힘을 사용할
필요도 없을 것이다. 지금 우리에게 필요한 것은
겸손함이다. 과학적 자만심이 자리를 잡을
여지는 어디에도 없다.

레이첼 카슨, 『침묵의 봄』에서

어느 여름 우연한 기회에 환경단체와 연계하여 지구의 무분별한 환경 파괴 현장을 취재하는 프로그램에 참여했다. 우리가 향한 곳은 인도네시아 수마트라 섬에 바짝 붙은 방카 섬. 제주도보다 3~4배 정도 크다는 방카 섬에 도착했을 때는 다소 막막했던 것이 사실이다. 순전히 개인적인 관심과 취향으로 사진을 찍어온 내가 어떤 공적이고 공익적인 눈으로 세상을 바라볼 수 있을까? 그리하여 섬의 문제를 사람들에게 올곧게 전달할 수 있을까? 나는 내 안에 한참 부족한 그 빈자리를 채우기 위해 환경에 관한 생각들을 가다듬어봐야 했다. 방카 섬에 가져간 책은 오늘날 환경운동의 고전으로 평가받으며 세상을 바꾼 책으로도 일컬어지는 레이첼 카슨의 『침묵의 봄』이다. 이 책은 20세기 초중반 미국에서 무분별하게 사용된 화학적 제초제, 살충제가 자연과 생태계, 동물, 그리고 인간에게 어떤 끔찍한 결과를 초래했는지를 다양한 사례와 추론, 과학적 해설과 함께 준엄한 목소리로 고발하고 있다. 당연히 화학 살충제, 제초제 기업과 그에 유착된 언론으로부터 무수한 공격과 음해를 당했지만, 저자의 간결하고도 단호한 목소리는 대중의 크나큰 공감을 불러일으키면서 미국 환경정책의 일대 전환과 법제화에 큰 영향을 미쳤다. 미국에서 '환경의 날'이 제정된 데에도 이 책이 직간접적으로 영향을 미쳤다 하니 세상을 바꾼 책임에 틀림없다.

책 안쪽에 실린 저자 레이첼 카슨은 사진으로 보기에도 연약하고
왜소하게만 느껴지는데 어디서 그런 용기와 강단, 그리고
자연을 바라보는 혜안과 따뜻함이 숨어 있던 것일까? 내게도,
내 카메라에게도 그런 용기 있는 눈과 목소리가 필요하다고
생각했다. 내가 느낀 바를 조금 더 당당하고 준엄하게 얘기할 줄
아는 능력이.

인간 없이 시작된 세상,
인간 없이 끝날 세상

자카르타에서 비행기로 1시간 남짓을 더 비행해야 도달할 수 있는 방카 섬이 최근 주목받기 시작한 것은 주석이라는 광물을 채취하기 위해 무분별한 환경 파괴가 자행되고 있기 때문이다. 주석은 구리와 만나 찬란한 청동기 문명을 탄생시킨 광물로 인류와는 오랜 인연을 맺어온 자원이다. 중세 유럽에서는 식기나 장식품 등 은의 대용품으로 널리 쓰였으며 현대에 이르러 금속관과 전자회로를 만드는 땜납에도 활용되는 등 쓰임새가 매우 다양하다. 인도네시아 방카 섬은 전 세계 주석의 60퍼센트가 매장된 주석의 보고다. 300여 년 전부터 주석 채굴이 이루어진 이 섬이 새삼 주목받게 된 데에는 현대인의 생활에 떼려야 뗄 수 없는 스마트폰의 제조에 주석이 필수적으로 사용되면서 수요가 급증한 탓. 여기에 인도네시아 정부가 국영기업에만 허용하던 채굴권을 폐지함으로써 민간기업과 불법 채굴꾼에 의한 무자비한 채굴이 극심해졌다. 방카 섬의 주석 채굴 현장은 작금의 자원 고갈과 환경 파괴의 전형적이면서 상징적인 현장임에 틀림없었다.

　　　환경단체의 안내로 방카 섬 곳곳에서 펼쳐지는 불법 채굴 현장을 찾아 다녔다. 2~3인이 한 조가 된 소규모 채굴장부터 수십 명이 함께 노동하는 거대한 작업장까지, 깊은 산중의 작업장부터 거대한 채굴선을 이용한 바다의 작업장까지, 주석 채굴은 큰 섬을 야금야금 갉아먹으며 맹렬한 기세로 진행되고 있었다. 더는 주석이 나오지 않아 내팽개쳐진 채굴장은 거대한 황무지가 된 채 버려져 있었다. 버려진 작업장의 오염된 물이 에메랄드빛으로 반짝이던 풍경이나 푸석해진 흙더미 위에

위태롭게 서 있던 한 그루 나무는 환경 파괴가 가져올 디스토피아 세상을 은유하였다. 방카 섬의 어촌은 생업으로 삼던 고기잡이를 그만두고 모두 주석과 관련된 일에 몰두하면서 어촌 특유의 '비린내'가 사라진 지 오래였다. 비린내가 사라진 어촌, 곡식이 자라지 않는 밭, 아이들이 뛰어놀 수 없는 들판. 방카 섬에 그런 불모의 땅은 점점 넓어지고 있다. 레이첼 카슨이 말한 (과다한 제초제, 살충제의 살포로) 더는 새소리가 들려오지 않는 '침묵의 봄'과 같은 맥락일 것이다.

방카 섬은 중요한 기로에 서 있었다. 눈앞의 이익을 위해 계속 섬을 파헤쳐 나갈지, 아니면 후손에게 남길 아름다운 섬의 복원 작업을 지금부터라도 시작해 나갈지. 그것이 어디 방카 섬만의 문제겠는가.

세상은 인간 없이 시작되었고, 인간 없이 끝날 것이다.
- 레비 스토로스

『슬픈 열대』에 등장한다는 이 문장을 접하고 나는 적잖은 흥분을 느꼈다. 자연 안에 인간이 놓인 위치, 그 보잘것없는 위치를 이토록 통렬하게 요약한 글이 있을까? 만물의 영장이라고 스스로 우쭐해하며 지구의 환경과 생태계를 자신의 이익 앞에 굴복시켜 온 인간에게 지구가 안겨줄 답은 무엇일까?

인도네시아 방카 섬, 『침묵의 봄』

인간 없이 시작된 세상,
인간 없이 끝날 세상

치료받지 않을 권리,
짜릿한 삶을 살 권리

이 병을 치료하고 싶은지 아닌지 나도
잘 모르겠어요. 병이라는 것은 알지만 병 덕분에
기분이 좋으니까 말입니다. 나는 그런 기분이
좋았어요. 그리고 지금도 좋아요. 그런 기분에서
벗어나고 싶지 않아요. 그 덕분에 이십 년 동안
느끼지 못했던 원기를 느끼고 기운까지
팔팔하니 말이에요, 우습지요.

올리버 색스,
『아내를 모자로 착각한 남자』에서

시간은 어떻게 흐르는 것일까? 과거에서 현재를 거쳐 미래로 흐르는 것일까? 그저 좋은 시절에서 조금 덜 좋은 시절로 흐르는 것은 아닐까? 행복은 무엇일까? 몸이 편안하고 걱정 없는 것이 행복일까? 삶이란 무엇일까? 던져진 존재로서 그저 살아지는 것일까? 뭔가 의미 있는 일을 하도록 우리에게 주어진 위대한 무엇일까? 일상에서 답을 구할 수 없어 여행을 떠나지만 여행을 떠난다고 답을 얻는 것도 아니다. 그렇다면 여행은 무의미한 일상의 연장일 뿐일까?

휴양지로 짧은 여행을 떠날 때면 마음이 가벼워진다. 여행지의 역사와 문화, 지식을 쫓는 여행에서는 눈은 물론 머리와 마음까지 긴장하기 마련이지만, 휴양지로의 여행은 머리와 마음을 한껏 비우고 떠나도 좋다. 보라카이로 짧은 휴가를 떠나는 마음도 그랬다. 이제까지 여행에서는 어떻게든 여행지와 관련된 책들을 가지고 갔는데 그럴 필요가 없었다. 그렇다고 책을 안 가져가긴 찝찝하다. 대신 아무 책이나 미뤄두었던 책을 가져가면 될 터였다. 그러다가 손에 걸려든 책이 있다. 2015년 여름 타계한 '의학계의 계관시인' 올리버 색스의 『아내를 모자로 착각한 남자』가 그 책이다.

네댓 해 전 지인으로부터 생일 선물로 받은 이 책에 대한 호평은 익히 들어 알고 있었지만 다른 책들 때문에 차일피일 미뤄둔 터였었다. 그런데 저자인 올리버 색스가 죽음을 앞두고 《뉴욕타임스》에 기고했다는 글, 그러니까 다가오는 죽음을 담담히 받아들이고 삶을 긍정하는 글이 상당한 화제를 불러일으킨 모양이다. 올리버 색스는 어떤 인물이며 그의 책은 무얼 말하고 있을까?

필리핀 보라카이, 『아내를 모자로 착각한 남자』

보라카이에서는 시간이 멈춘 것 같았다. 달력이나 시계를 볼 필요가
없었다. 현지 가이드가 이제 여행이 끝났습니다, 할 때까지
내 맘대로 시간을 보내면 되었다. 밥 때가 되면 밥을 먹었고
몸이 원하는 만큼 잠을 잤다. 바닷속 신비로운 세상을 구경했고,
이 세상 빛깔 같지 않은 몸을 한 물고기를 낚기도 했다. 보라카이는
세상 어디에도 존재하지 않는 수많은 낙원이 살짝 바깥으로
드러난 땅 같았다.

그러면서 세계적인 권위의 뇌과학자 올리버 색스 교수가
관찰하여 서술한 이상하고 특이한 환자들에 대한 글을 차근차근
읽었다. 뇌에 크고 작은 이상이 생겨 도저히 상상할 수 없는
해괴한 행동을 보이는 환자들의 이야기다. 어떤 환자는 시신경에
문제가 생겨 패턴화된 사물은 구분하지만 사람의 얼굴 같이
생동하는 건 알아볼 수 없다거나, 어떤 환자는 뇌에서 기억을
담당하는 부분에 이상이 생겨 아주 오래전 일은 기억하지만 바로
5분 전 일은 기억 못했다. 말년에 치매 증상을 보이던 외할머니가
떠오르기도 했다. 자신의 큰딸인 어머니를 보고도 "댁은 뉘슈?"
하던 외할머니가 어느 날엔가 나를 보더니 "이눔아, 왜 아직도
장가를 안가는 거!" 하며 내 등짝을 한 대 때리셨다. 노총각으로
나이 들어가던 손자를 잠시 알아본 외할머니는 몇 달 뒤 세상을
떠나셨다. 사람에게 기억이란 무엇일까? 그리하여 삶이란
무엇일까? 뇌 과학에 대한 관심은 삶의 문제, 행복의 문제로까지
독자를 끌고 갔다.

기억을 조금이라도 잃어버려봐야만 우리의 삶을 구성하고 있는 것이 기억이라는 사실을 알 수 있다. 기억이 없는 인생은 인생이라고조차 할 수 없다는 것을. 우리의 통일성과 이성과 감정 심지어는 우리의 행동까지도 기억이 있기 때문에 존재하는 것을. 기억이 없다면 우리는 아무것도 아니다.

루이스 부뉴엘의 말, 올리버 색스,
『아내를 모자로 착각한 남자』에서

치료받지 않을 권리,
짜릿한 삶을 살 권리

필리핀 보라카이, 『아내를 모자로 착각한 남자』

치료받지 않을 권리,
짜릿한 삶을 살 권리

책에 소개된 흥미로운 환자들은 오히려 그런 이상한 증세 때문에 삶의 활기를 되찾은 부류의 사람들이다. 어느 날부턴가 이명처럼 들려오기 시작한 어릴 적 노래 때문에 죽을 때까지 행복한 유년의 기억을 즐긴 팔십대 노부인이나, 마약을 한 것처럼 영감과 환영에 창작열을 불태웠다는 틱 증세 환자가 그들이다. 그들 중 많은 이들이 자신의 병이 치료되기를 원치 않았다고 한다. 몸 안에 깃든 병이 때로는 삶에 큰 활력이 되었다는 환자들의 얘기는 또다시 행복이 과연 무엇인지 묻게 한다.

　　　　의사인 친구에게 들으니 지금까지 인간이 그 정확한 원인과 치료 방법을 밝혀낸 병이라는 게 불과 20~30퍼센트밖에 되지 않을 거라고 했다. 우리는 아직 우리 몸과 병에 대해 많은 것을 모른다는 얘기다. 그중에서도 가장 모호한 미개척지가 '뇌'와 '신경'을 다루는 분야다. 올리버 색스의 따뜻한 글이 어필하는 점도 그 지점에서다.

집에 돌아와 일본인들이 쓴 불교 입문서인 『불교가 좋다』라는 책을 우연히 뒤적이다가 '불교 경전에는 행복幸福이라는 단어가 없다'는 문장을 읽고 무릎을 친 적이 있다. 뭔가 대단한 통찰력을 얻은 느낌이었다. 영어나 불어, 독어, 라틴어로 된 서양의 사상과 문물을 한자어로 번역하던 일본 메이지시대에 새롭게 만들어진 단어인 '행복'의 어원을 쫓으며, 동양인에게는 없던 '행복'의 개념이 그간 어떻게 작용해왔는지를 추적하는 내용이었다. '이 행복이라는 한자에는 서양의 단어에 들어 있는 시간에 대한 감각이 없다'는 것이다. 그런 일본인(동양인)들이 '자신의 독특한 생각을 서양인처럼 '행복'이라는 단어로 대신함으로써, 도저히 이해할 수 없는 사고를 계속해 왔'다는 것이 책의 설명이다.

이 글을 읽으며 또다시 올리버 색스를 떠올렸다. 인간의 존재를 완전히 해석하고 장악하려 했던 서양 근대의 노력이 과연 알아낸 것은 무엇일까? 인간은 알 수 없는 존재라는 것을 알게 된 정도가 아닐까? 최첨단의 과학이자 의학인 뇌 과학의 권위자를 통해 우리가 읽은 것도 그러한 것이 아니던가.

그런데 정말 행복이란 무엇인가? 그리하여 삶이란 무엇인가? 알 게 뭔가! 끝내 알 수 없더라도, 붉은 노을이 비낀 바닷가의 모래사장에서는 조금 근본적인 책을 읽어도 좋을 일이다.

영국 런던, 「속죄」

속죄 없는 세상에서
글을 쓴다는 것

지난 오십구 년간 나를 괴롭혀왔던 물음은
이것이다. 소설가가 결과를 결정하는 절대적인
힘을 가진 신과 같은 존재라면 그는 과연
어떻게 속죄를 할 수 있을까? (중략)
신이나 소설가에게 속죄란 있을 수 없다.
비록 그가 무신론자라고 해도. 소설가에게
속죄란 불가능하고 필요 없는 일이다.
중요한 것은 그럼에도 불구하고 그가 속죄를
위해 노력했다는 사실이다.

이언 매큐언, 『속죄』에서

런던 히스로 공항에 내리자 영화 〈러브 액추얼리〉의 마지막 장면이 떠올랐다. 공항 한쪽에 카메라를 설치해두고 이제 막 런던에 도착한 사람들과 그들을 마중 나온 친지의 모습을 담백하게 담은 장면은 사람이 얼마나 사랑에 깊이 붙박인 존재인지를 여실히 보여주는 흥미로운 명장면이었던 걸로 기억한다. 막상 내린 히스로 공항은 조용하고 삭막했다. 누군가 나를 마중 나왔을 리도 없고 평일 낮이라 사람들도 드물었는데 입국 심사를 하던 심사관의 질문은 날카롭고 차가웠다.

패딩턴 역 부근에 숙소를 잡은 뒤 기억을 더듬어 런던 시내를 돌아다녔다. 거의 15년 만에 찾아온 도시는 낯선 듯 낯익었다. 피커딜리 서커스, 하이드파크, 버킹엄 궁전, 빅벤, 트래펄가 광장 같은 명소는 물론이고, 요즘 런던의 가장 각광받는 장소라는 브릭레인의 벼룩시장이며 테이트모던 미술관 등을 두루 돌아다녔다. 엘리자베스 여왕 이래 수세기 동안 '해가 지지 않는 나라'의 명성을 이어온 영국의 수도 런던. 그러나 오래도록 침체를 거듭해온 경제와 실추된 국제사회에서의 지위를 반영하듯 어딘가 쇠락한 느낌도 지울 수 없었다.

모처럼의 런던 여행에는 두 편의 영국 소설을 가지고 갔다. 맨부커 상에 자주 오르내리며 요즘 영국을 대표하는 작가인 이언 매큐언의 『속죄』와 줄리언 반스의 『10 1/2장으로 쓴 세계 역사』가 그것. 둘 다 흥미진진하면서 썩 다른 느낌을 안겨주는

소설로 영국 문학의 현주소를 엿볼 수 있는 책이다. 어마어마한
상상력으로 구성된 반스의 소설도 흥미로웠지만, 나는 오가는
비행기 안에서 『속죄』를 다 읽어냈다. 〈어톤먼트〉라는 제목의
영화로도 개봉된 『속죄』에는 영국 현대사의 단면을 읽을 수 있다.
제2차 세계대전이 날로 격렬해질 무렵, 임박한 독일 침공을
걱정하는 런던의 풍경은 암울하고 쓸쓸했다.

      소설의 번역자는 이 소설의 주제를 '폭력'으로 본다고
후기에 밝혔지만, 지금 우리 시대가 겹쳐서일까, 내겐 책 제목처럼
'속죄'가 주제로 읽혔다. 개인의 속죄이지만, 격변기엔 역사와
떼려야 뗄 수 없는 것이기에 개인을 넘어서는 역사에 대한 속죄로
읽힌 것이다. 진실을 속여 사랑하는 두 연인을 영원한 나락으로
빠뜨린 어린 화자가, 평생에 걸쳐 그에 대한 속죄를 펼쳐가는
내용이 절절하게 이어진다. 끝부분에 팔순을 앞둔 화자는 혈관성
치매를 선고 받아 다가오는 거대한 망각의 세월을 담담히
기다린다. 망각이 찾아오기 전 그녀의 속죄는 더 간절해진다.
속죄와 망각은 그렇듯 긴밀하게 연결되어 있다. 언젠가 이스라엘의
한 정치가가 팔레스타인과의 전쟁을 두고 '노인은 죽어갈 것이고,
젊은이는 모를 것이다'라고 했던 말은 시사하는 바가 크다.
가장 사악한 자들이 바라는 것이 진실이 빨리 묻히고 잊히는 것
아닐까. 망각이야말로 역사에 대한 가장 큰 죄악이 아닐까?

속죄 없는 세상에서
글을 쓴다는 것

지금, 세상에는 진실을 은폐해 자신의 욕망을 채우려는 사람들이 얼마나 많은가? 더 큰 문제는 그들이 더는 '속죄'하려 하지 않는다는 것이다. 뉴스를 접하면 언론을 호도하고 본질을 흐려 진실을 가리려는 파렴치한 시도는 사회 상류층으로부터 난무하고 있다. 교회나 법당에 찾아가 값싼 기도로 자신의 거짓과 악행이 사함 받을 수 있다 믿으면서 많은 사람들은 하루하루를 더욱 탐욕스럽게 살아간다. 그들이야말로 죄를 심판하는 신은 존재하지 않는다는 걸 누구보다 확실하게 인정하고 증명하는 것이 아닐까? 심판의 내세가 있다고 믿는다면 어떻게 극악무도한 죄를 지을 수 있으며, 그에 대해 속죄하지 않을 수 있을까? '속죄'가 사라진 이 절망의 시대에 소설을 읽는 맛은 씁쓸하기만 하였다.

따지고 보면 소설의 배경인 영국도 역사에 많은 죄를 지었으면서 그에 마땅한 속죄는 제대로 하지 않은 나라다. 아시아 등지에 거느렸던 식민지를 독립시키는 와중에 저지른 영국의 신사답지 못한 처신으로 인해 지금도 수많은 국지적 분쟁이 이어지고 있다. 인도와 파키스탄의 분쟁에도, 스리랑카에 오랫동안 이어졌던 내전에도, 이스라엘과 팔레스타인의 비극적인 역사에도 영국의 비열한 그림자가 아른거린다. 이 소설을, 영국이 저지른 악행에 대한 '속죄'로까지 읽기는 어려울 것이다. 이언 매큐언에게 그 이상의 역사의식을 기대하는 것은 가능한 일일까?

사람을 불행에 빠뜨리는 것은 사악함과 음모만이 아니었다. 혼동과 오해, 그리고 무엇보다도 다른 사람들 역시 우리 자신과 마찬가지로 살아 있는 똑같은 존재라는 단순한 진리를 이해하지 못하는 것이 불행을 부른다. 그리고 오직 소설 속에서만 타인의 마음속으로 들어가 모든 마음이 똑같이 소중하다는 사실을 보여줄 수 있었다. 이것이 소설이 지녀야 할 유일한 교훈이었다.

이언 매큐언, 『속죄』에서

오로라를 놓치고
스릴러를 읽었다

"이제 뭘 하죠?" "찾아야지." "뭘요?"

"뭘 찾을지는 생각하지 마." "왜요?"

"뭔가를 찾겠다고 생각하면 다른 중요한 걸
  놓치기 쉬우니까. 마음을 비워. 발견하고 나면,
  자기가 뭘 찾고 있었는지 알게 될 거야."

요 네스뵈, 『스노우 맨』에서

노르웨이 트롬쇠, 『스노우 맨』

오로라를 놓치고
스릴러를 읽었다

우리가 어떤 여행지에서 진정 만나고 가져와야 할 것은 무엇인가?
여행지의 풍광과 맛? 여행지에 대한 지식과 정보? 그 여행에 대한
좋거나 나쁜 추억? 내 생각에는 어떤 여행지에서 우리가 정말
담아 와야 할 것은 그곳만의 '분위기'가 아닐까 싶다. 다른 곳이
아닌 바로 그 여행지에서만 느끼거나 만날 수 있는 분위기.
그것은 그곳의 날씨나 빛, 자연과 사회 환경으로만 설명될 수 있는
것이 아니다. 그런 것에 덧붙여지는 촉감이자 온도이고 맛이자
향기이며 모든 것이 한데 어우러진 무엇이다.

　　　겨울 북유럽은 세상 어디에도 없는 독특한 분위기를
풍겼다. 뉘라서 그리 느끼지 않겠는가. 침엽수림과 얼어붙은
호수, 그 위를 떠다니는 황홀한 오로라 때문만은 아니다.
겨울 북유럽에는 무언가가 있었다. 북유럽을 북유럽이게끔 하는.
그게 무엇이었던가?

　　　스웨덴의 수도 스톡홀름에서 비행기를 타고
스칸디나비아 반도 북단에 있는 노르웨이의 도시 트롬쇠로
향했다. 오로라를 관측하기 가장 좋은 세계 3대 도시라는 트롬쇠는
북위 70도에 가까워 한겨울엔 한두 시간 정도만 희붐한 낮이고
종일 어두움이 이어지는 '밤의 왕국'이었다.

트롬쇠 중심가에서 버스를 타고 한참 언덕으로 올라가다 운전수 아저씨가 일러준 곳에 내렸다. 그러곤 마을에서 한참을 헤맸다. 가져온 약도와 주소가 눈 덮인 마을에선 무용지물이었다. 약속한 도착 예정 시각보다 두어 시간이나 늦어 마음이 급했다. 숙소를 찾지 못해 발을 동동 구르고 있을 때였다. 뭔가가 이상했다. 고요한 마을에 뭔가 일렁이는 것이 있었다. 흰 눈 덮인 지붕 위를 올려다보니 황홀하게 꿈틀거리는 것이 있다. 아, 오로라! 운 좋게도 트롬쇠에 도착한 날 오로라를 만난 것이다. 가슴이 쿵쾅 뛰었다. 카메라는 가방 깊숙한 곳에 있어 급한 대로 휴대폰을 먼저 꺼내 들었다. 연둣빛이라 할까, 흰빛이라고 해야 할까? 옛날 북유럽 원주민은 오로라를 거대한 여우가 흔드는 꼬리라 믿었다고 했다. 숙소 주인장과의 약속시간 때문에 서둘러 집을 찾아 들어가 체크인을 했다. 그러곤 곧 카메라를 들고 나와 제대로 오로라를 담으려고 했다. 그런데! 아무것도 없다! 그새 오로라가 사라진 것이다. 숙소를 찾아 단 20여 분 만에 일을 처리하고 나왔건만 그새 오로라가 감쪽같이 사라진 것이다. 마을을 내려와 어두운 해안가를 서성여봤지만 다시 오로라를 만나지 못했다. 오로라는 그런 것이었다. 애써 쫓는다고 만날 수 있는 것도 아니고, 방심한 상태일 때에 우리 앞에 나타나는 그런.

오로라를 놓치고
스릴러를 읽었다

노르웨이 트롬쇠, 『스노우 맨』

오로라를 놓치고
스릴러를 읽었다

숙소로 되돌아와 짐을 풀고 늦은 저녁을 먹었다. 잠자리에
들기 전에 책을 펼쳐 들었다. 노르웨이의 가장 잘 나가는 작가인
요 네스뵈의 『스노우 맨』이었다. 해리 홀레라는 독특한 캐릭터의
형사가 등장하는 시리즈물에서도 전 세계적으로 가장 많이 팔린
책이다. 나는 이 책을 여러 나라의 서점에서 만나곤 했다.
요즘 전 세계 독서계에서 가장 '핫한' 지역이 북유럽이지 않을까
싶은데 『창문 넘어 도망친 100세 노인』이나 『오베라는 남자』
『북극 허풍담』 같은 포복절도할 소설과 함께 스릴러물이
각광받고 있다. '밀레니엄 시리즈'로 유명한 스웨덴의 요절한
작가 스티그 라르손과 함께 요 네스뵈 등의 북유럽 스릴러가
전세계 베스트셀러의 자리를 차지하고 있다. 그중에서도
『스노우 맨』은 가장 돋보이는 작품으로, 할리우드에서도 영화로
만들고 있는 만큼 작품성과 대중성을 인정받고 있다. 장르소설로
분류되는 책을 그다지 즐기지 않는 나로서도 꽤 재미있게 읽었다.
추리소설이라지만, 작가의 생각의 깊이와 시선이 폭넓고 깊다.
특히나 내가 몸담고 있는 광고업에도 여러 가지 힌트와 통찰력을
제공해준다. 범인을 추적하는 형사들의 세계가 빅 아이디어를
쫓는 창의적인 직업 세계와 다르지 않다는 걸 발견하고 얼마나
흥분했던가.

사실 추리 기법만큼 문학적인 즐거움을 주는 방법도 달리 없을 것이다. 유사 이래 최고의 희곡이라 불릴 만한 소포클레스의 비극 『오이디푸스』의 완벽한 플롯을 만든 것이나, 도스토옙스키가 최후의 대작인 『카라마조프가의 형제들』에 위대한 사상을 펼쳐간 방법, 움베르토 에코의 『장미의 이름』이 흥미진진하게 읽히는 근저에 바로 '추리'라고 하는 오래되고 쓸 만한 기법이 자리하고 있다. 단지 장르문학의 기법으로만 치부할 일이 아닌 것이다.

겨울 북유럽의 '분위기'를 가득 담고 있는 소설을 북위 70도 오로라의 마을에서 읽으니 더욱 흥미진진했다. 이런 책을 그 배경이 된 땅에서 읽는다면 그 여행지만의 '분위기'를 제대로 느끼고 간직해 싸 가지고 돌아올 수 있지 않겠는가.

이튿날부터는 트롬쇠에 비가 내렸다. 닷새를 더 그곳에 머물렀지만 오로라를 다시 만날 수 없었다. 오로라는 도시의 불빛과 비구름 너머에서 자기들끼리 꼬리치고 일렁이며 하늘을 날고 있을 터였다. 종일 어둠에 잠긴 마을을 돌아다니며 카페서건 숙소에서건 『스노우 맨』을 읽었다. 오로라의 빈자리를 소설이 채워주었다. 눈사람 위에 살해한 여성의 목을 올려놓는 엽기적인 장면이나 의외의 사람을 범인으로 만든 상상력이라니. 이를테면 북유럽을 북유럽이게끔 하는 '분위기'란 그런 것이 아니었을까.

해리는 자신이 맡은 사건이 결론에 도달하거나, 해결되거나,
종결되었을 때 기쁨을 느낀 적이 한 번도 없었다. 사건을
수사중인 한 그에게는 목표가 있지만, 일단 그 목표에 도달하고
나면 이곳이 여정의 끝이 아니라는 생각만 들었다. 혹은 그가
상상했던 끝이 아니라는 생각, 혹은 끝이 바뀌었거나,
그가 변했거나, 뭐가 뭔지 알 수 없다는 생각만 들었다.
사실 그는 공허했고, 성공은 약속했던 맛이 아니었으며,
범인을 잡으면 늘 '그래서 뭐 어쩔 건데?'라는 의문이 뒤따랐다.

요 네스뵈, 『스노우 맨』에서

오로라를 놓치고
스릴러를 읽었다

차가운,
홋카이도의 겨울보다
더 차가운

"눈은 참 깨끗하지, 오빠?" "응……"
"그렇지만 향기가 없어." "이렇게 많이 쌓여 있는
 눈에 향기가 있다면 큰일이야, 요코."
 도오루가 웃었다. 요코도 덩달아 웃었다.

미우라 아야코, 『빙점』에서

대지진과 후쿠시마 원전 사고가 휩쓸고 간 뒤엔 일본으로 여행갈
엄두를 내지 못하였다. 땅과 물, 먹을거리가 한없이 오염되었을
그 땅으로 어떻게 별일 없다는 듯 여행을 간단 말인가. 하지만
그래도 간절히 그리운 곳이 있었다. 겨울의 홋카이도. 언젠가
일본 혼슈 동북의 겨울을 여행하고 난 뒤 일본의 겨울에 매료되어
꼭 가보리라 마음먹었던 곳이 겨울 홋카이도였다. 홋카이도의
겨울은 시베리아나 북유럽, 아니 세상 어느 곳과도 다른 겨울이
펼쳐져 있을 것만 같았다. 홋카이도의 겨울을 마음속으로
그리워만 하며 몇 해를 보냈다. 그러다 그 겨울에 와서는 더는
참지 못했다. 홋카이도의 겨울을 만나지 않고는 봄조차 맞을 수
없을 것만 같았다.

　　　홋카이도의 관문인 삿포로에 첫발을 디딘 날, 어마어마한
눈이 밤새 내렸다. 앞을 분간하기도 힘든 함박눈이었다. 여장을
풀고 숙소 밖으로 나섰는데 쌓인 눈 때문에 길이 보이지 않을
정도였다. 마을 사람들이 그 밤에 나와 눈을 치우며 한숨을 푹푹
쉬었다. 원전 사고가 풍경에 겹친 까닭일까, 어쩐지 그렇게 하얗고
소담스럽게 내리는 눈조차 넉넉히 즐길 수 없었다. 하얀 눈이 언뜻
검실검실한 색으로 느껴졌다. 무엇이 아름답고 황홀한 겨울밤을
암울하게 만들었을까. 선술집을 기웃거리며 따끈한 사케를 마시며
홋카이도의 겨울밤을 즐겼다.

차가운, 홋카이도의
겨울보다 더 차가운

이튿날 찾아간 곳은 삿포로에서 기차로 두 시간 거리에 있는 설원의 도시 아사히카와다. 홋카이도에서 가장 아름다운 설국을 만끽할 수 있는 도시로 알려진 곳이다. 전후 일본에서 가장 많이 읽힌 소설인 미우라 아야코의 소설 『빙점』의 배경이 된 곳도 그 도시다. 당연히 그 여행에 『빙점』을 챙겨갔고 차창 밖 설원을 흘끔거리며 천천히 책을 읽어나갔다.

소설은 아사히카와의 잘 나가는 의사 집안인 게이조의 평화롭고 행복한 가정을 무대로 한다. 남부러울 것 없던 가정에 불행이 겹치면서 이들은 세상에서 가장 냉혹하고 메마른 사람들로 변모해 간다. 게이조의 아내 나쓰에가 잠시 외간 남자에게 한눈을 팔고, 이를 게이조가 의심하고 분노하면서 가정의 비극은 시작된다. 이 사건과 맞물려 두 사람의 어린 딸 루리코가 처참하게 살해당하면서 가족 간의 사랑은 증오로 변하고 믿음은 불신으로 변한다. 두 사람의 아들인 도오루의 눈을 통해 '병원장인 다정한 아버지, 아름답고 상냥한 엄마'는 결국 '비열하고 질투심 많은 아버지와 부정한 엄마'로 비쳐진다. 위선과 불신으로 점철된 한 가정의 몰락 아닌 몰락을 찬찬히 지켜보는 독자에게 『빙점』은 매우 차갑고 서늘하게 읽힌다.

아사히카와에서 교외열차를 타고 인근의 비에이와 후라노 등지를
다녀왔다. 순백의 설원에 우뚝 선 나무들이 원시적인 신비감마저
자아냈다. 아사히카와에서 다시 삿포로로 내려왔고 홋카이도
남부의 항구 도시인 하코다테와 영화 〈러브 레터〉의 촬영지로도
유명한 도시 오타루도 잊지 않고 다녀왔다. 닷새 동안 홋카이도를
도는 사이 『빙점』의 책장도 끝을 보고 말았다. 서늘하고 아름다운
홋카이도를 배경으로 펼쳐지는 소설 『빙점』에는 나약한 인간이
갖는 모든 감정의 편린이 망라되어 펼쳐 있다. 유혹과 배신,
질투와 분노, 거짓과 불관용. 하지만 무엇보다 이 가족의 가장 큰
죄악은 '위선'이 아닐까 싶다. 겉보기에 남부럽지 않게 사랑으로
충만해보이던 가족은 각자 감춰진 어두운 내면으로부터 균열을
일으켜 차츰 몰락의 길을 걸었다. 인간의 위선이 만들어낸 소설의
비극은 홋카이도의 추위보다 매섭고 잔인하게 느껴졌다.
그 아름답던 땅에 원전 사고의 재앙을 몰고 온 인간 문명의
속내에도 그러한 냉혹함과 위선이 자리 잡고 있을 터였다.

일본 홋카이도, 『빙점』

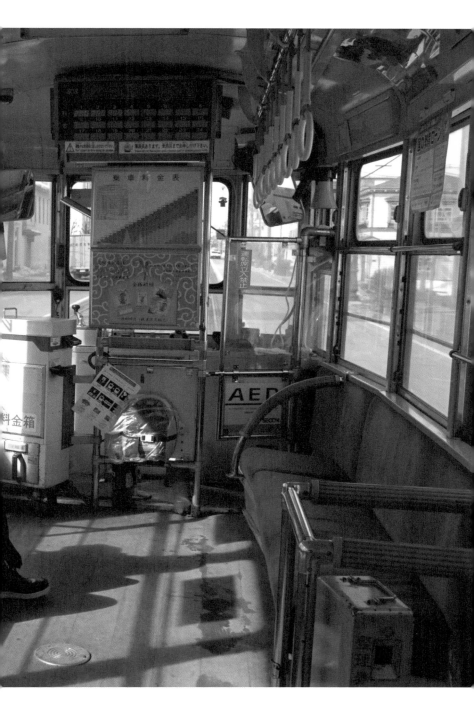

차가운, 홋카이도의
겨울보다 더 차가운

밑줄 긋는 여행자 **283**

사람에게 의논할 수 없을 때는 누구에게 의논해야 하죠?
하느님? 그렇지만 하느님은 어디 있는지 본 적도 없는 걸요.

미우라 아야코, 『빙점』에서

나쓰에는 거울 앞에 앉기를 좋아했다. 거울 속의 자기 자신에게
반하는 것은 즐거운 일이었다. 거기에는 자화자찬이 따랐다.
그러나 거울 속에 비친 자기 자신에게 반하는 한, 타인에 대한
사랑은 생겨나지 않았다.

미우라 아야코, 『빙점』에서

어떤 가정에나 남편의 바람기, 아내의 부정, 시어머니와
며느리의 불화, 자식의 비행 등 남에게는 말할 수 없는 부끄러운
이야기들이 있을지도 모른다. 그렇지만 사람들은 그럭저럭 일단
체면을 유지하고 있는 것이 아닐까 하고 게이조는 생각했다.
그 숨은 드라마가 어떤 동기에 의해 자살, 가출, 살인, 이혼 등의
형태로 나타났을 때, 세상 사람들은 비로소 그것을 알아차리게
되는 것이 아닐까.

미우라 아야코, 『빙점』에서

겨울은 달리 보면 '따뜻한' 계절이다. '따뜻한'이라는 단어가
어울리는 계절은 오로지 겨울밖에 없다. '시원한'이 여름의
형용사이듯 말이다. 하지만 겨울이 따뜻하기 위해서는 사람과
사람 사이의 온기가 절실하다. 온기가 없는 겨울, 따뜻하게 내민
손과 마음을 나누지 않는 사람들의 계절은 혹한의 겨울보다
더 춥고 매서울 것이다.

이제는 돌아와

여행을
완성시켜준
문장들

해안가 마을 별장에 칩거해 사는 시인에게 우편물을 배달해주는
무지렁이 우편배달부가 시인을 만나면서 시에 대해, 삶에 대해,
사랑에 대해 눈 뜨는 과정을 읽고 지켜보는 일은 가슴이
차츰 따뜻해지는 일이었다. (중략)

"너무 많이 움직이다 보니 멀미가 날 정도였어요.
 어르신 말씀을 타고 흔들거리는 배처럼 흘러가는 것 같았어요."
"마리오, 자네가 지금 뭘 했는지 아나?"
"뭘 했는데요?"
"메타포."

– 안토니오 스카르메타,
『파블로 네루다와 우편배달부』에서

"

"

저 구름
흘러가는 곳,
아득한 먼 그곳

반짝이는 호수나 쓸쓸한 적송나무나 햇빛을
받는 바위보다도 더욱 마음이 끌린 것은
구름이었다. 넓은 세상에서 나보다 구름을 더
잘 알고 나보다 더 구름을 사랑하는 사람이
있다면 나는 그런 사람을 만나고 싶다.
혹은 또 구름보다 더 아름다운 것이 있다면
그것을 보여주었으면 좋겠다. 구름은 흘러가며
눈에 위안을 준다. 구름은 축복이요, 신의
선물이요, 노여움이요, 죽음의 힘이다. 구름은
갓난아이처럼 정답고 부드럽고 평화스럽다.
구름은 착한 천사처럼 예쁘고 부유하고
은혜로우며, 죽음의 천사처럼 어둡고, 피할 수
없고 사정을 모른다.

헤르만 헤세, 『페터 카멘친트』에서

헤르만 헤세의 무덤이 있는 스위스 남부의 몬타뇰라에 갔을 때
마을에서 묘지로 향하는 길 중간에서 압도적인 풍경을 만났다.
아름다운 호수가 천상에 떠 있는 듯 빛을 발했고 호수를 만들어낸
양쪽 협곡의 언덕으로 사람들 마을이 촘촘히 들어서 있었다.
무엇보다 그 위에 시무룩한 구름, 구름이 떠 있었다. 대번에 나는
헤세의 출세작으로 일컬어지는 소설『페터 카멘친트』에서 화자가
구름을 예찬하던 장면을 떠올렸다. 소설 속 묘사와 겹치는 풍경이
내 눈 앞에 펼쳐졌던 것이다.

　　　　이 구절 속에 이미, 그가 평생을 걸쳐 펼쳐나가게 될
방랑하는 소년들의 이야기가 암시되고 있다. 크눌프, 싯다르타,
골드문트로 이어지는 그의 고된 방랑자의 계보가『페터 카멘친트』에
이미 시작되고 있었다. 닉네임을 '크눌프'로 삼을 만큼 나는
헤세의 소년들, 그중에서도 방랑 속에 자신을 던져넣었던 소년들을
사랑했다. 어느 글에선가 작가는 가장 애착을 갖는 자신의 소설 속
캐릭터가 크눌프라고 밝힌 적도 있다. 페터 카멘친트에 이어
방랑자 소년들의 계보 맨 앞에 있는 크눌프는 이후 싯다르타와
골드문트로 이어지며 더욱 원초적이고 원숙한 방랑의 세계로
옮겨 간다. 따지고 보면, 독일문학 전체가 어느 문학권보다
'방랑'의 모티프에 거하고 있다는 생각이 든다. 위대한 여행자
'파우스트'가 그러하고 초인을 가르치는 '차라투스트라' 또한
그러하다. 독일문학에 내가 유독 끌리는 까닭인지도 모르겠다.

그 정점에 헤세의 방랑자 소년들이 있고, 그 처음에 『페터
카멘친트』가 있다. 시인 혹은 소설가가 된다는 것은 이미 자연을
쫓는 사람이라는 것. 자연의 미세한 떨림과 여린 빛에도 아파하는
사람이 된다는 것. 그것이 또한 여행자라는 것. 헤세의 책에서
여행자와 시인은 행복하게 만나고 있다.

"당신은 시인이군요. (중략) 당신이 소설을 쓴다고 해서 그렇게
말한 것이 아니라, 당신이 자연을 이해하고 사랑하기 때문입니다.
나무가 살랑거리고, 산이 햇빛에 빛난다고 해서 다른 사람들에게
그것이 뭐겠어요. 그러나 당신에게는 그 가운데 생명이 있고,
그것과 당신은 같이 살아가고 있으니까요."

헤르만 헤세, 『페터 카멘친트』에서

저 구름 흘러가는 곳,
아득한 먼 그곳

292　　스위스 몬타뇰라, 『페터 카멘친트』

저 구름 흘러가는 곳,
아득한 먼 그곳

생애의 절반 이상인 43년간을 살았던 스위스 남부의 도시 몬타뇰라에서 헤세는 정원을 가꾸며 평온한 삶을 이어간다. 때론 사람들이 방문해 고요한 삶을 구하던 작가를 귀찮게 했지만 그의 만년은 차분하고 평온했다. 헤세가 살던 집인 카사 카무치를 개조해 만든 헤르만 헤세의 박물관에는 생전에 그가 쓰던 타자기와 그가 읽던 책이 전시되어 있다. 그 책 중에는 만년에 그가 관심을 가진 중국의 고전도 눈에 띄었다. 그의 셋째 아들인 마르틴이 찍은 헤세의 생전 사진에서 인자한 옆집 할아버지 같으면서도 삶과 인생을 깊이 통찰하는 작가의 매서운 눈매를 동시에 느낄 수 있다. 3층의 상설 전시관에는 화가가 된 그의 큰 아들이 그린 몬타뇰라와 그보다 큰 도시인 루가노 주변의 풍경이 아름다운 그림들로 전시되고 있었다.

　　　『수레바퀴 아래서』『황야의 이리』『유리알 유희』 등을 제외한 헤세의 거의 모든 중요 작품은 소설 속 주인공(여성은 전혀 없다!)의 이름을 제목으로 하고 있다. 위 작품 외에 데미안, 로스할데, 나르치스 등이 헤세의 소년들이다. 역설적으로 가장 많이 읽히는 『데미안』 같은 소설은 내겐 너무 어렵게 읽히는 소설이다. 나는 그의 방랑자 소설이 특히 좋다. 그것은 소설이기 이전에 내 삶에 대한 하나의 지향, 방향을 알려주는 구름과도 같다.

몬타뇰라의 성 아본디오 수도원 묘지로 가는 길에는 잘 가꾸어진 사이프러스 나무들이 여행자를 반기며 도열해 있었다. 수도원에 속한 공동묘지의 헤세 무덤 앞에서 나는 헤세의 소년들을 생각했다. 그리고 헤세를 생각했다.『페터 카멘친트』이후 발표한 『수레바퀴 아래서』에 그려진 것처럼 헤세의 젊은 날은 순탄치 않았다. 자살을 기도하고 정신병원을 드나들 만큼 헤세의 청춘은 가히 고난에 가득 찼으며, 일면 투쟁적이었다. 그런 인고와 고뇌의 시간 없이 어찌 헤세가 있었겠는가. 헤세는 비교적 낭만적으로 읽히는 면이 있는데, 그의 청춘부터 두 개의 세계대전을 관통한 삶의 이력까지 그리 쉽게 읽힐 작가는 아닌 것이다.

　　　　가난한 여행자가 따로 드릴 것이 없어서 헤세의 무덤에 갖고 있던 펜을 하나 올려놓고 왔다. 무덤을 떠나 되돌아오던 길목에서도 호수 위에 떠 있는 구름, 그 구름을 보았다. 어디 헤세만이 구름을 찬양하고 동경했겠는가? 많은 시인과 여행자들이 모두 저 변함없이 흐르는 구름을 꿈꾸지 않았던가? 만일 구름이 존재하지 않았다면 세상에 여행자들이 그토록 많이 생겨났을까? 바람 같은 것이 있지만, 역시 여행자의 스승은 저기 저 지향도 없이 형체도 없이 떠다니는 구름, 구름이 아니었을까?

스위스 몬타뇰라, 『페터 카멘친트』

저 구름 흘러가는 곳,
아득한 먼 그곳

작가가
된다는 건
끝까지
가본다는 것

시인이 된다는 것은
끝까지 가보는 것을 의미하지

행동의 끝까지
희망의 끝까지
열정의 끝까지
절망의 끝까지

그 다음 처음으로 셈을 해보는 것,
그 전엔 절대로 해서는 안 될 일
왜냐하면 삶이라는 셈이 그대에게
우스꽝스러울 정도로
낮게 계산될 수 있기 때문이지

그렇게 어린애처럼 작은 구구단 곱셈 속에서
영원히 머뭇거리게 될지도 모르기 때문이지

시인이 된다는 것은
항상 끝까지 가보는 것을 의미하지.

밀란 쿤데라, 「시인이 된다는 것」에서

프라하 성 뒤편의 외곽 골목에서 길을 잃었다. 밤이 한참 깊어 뒤늦게 숙소 문을 두드리기도 여간 미안한 시간이 아닌데, 나는 길을 찾지 못한 채 골목을 헤매었다. 남들보다 탁월한 길 감각을 갖고 있다 자부해온 나로서도 요령부득의 미궁에 빠져버린 기분이었다. 나중에 숙소 주인에게 들으니, 그 부근이 복잡해 많은 여행자들이 종종 곤란을 겪는다고 했다. 그 얘기를 듣고도 위안이 되기는커녕 공포스럽기까지 했던 시간이 떠올랐다. 길을 잃고 헤매는 동안 줄곧 나는 프란츠 카프카를 생각했다. 보험회사 영업사원이기도 했던 카프카가 매일 퇴근 후 글쓰기에 매달린 뒤 나와 밤마다 배회했다는 프라하의 거리도 내가 헤맨 길과 크게 다르지 않을 터였다. 그러고 보니, 나는 프라하를 꽤 카프카적^{kafkaesque}으로 여행한 셈이다.

파리나 빈만큼 유서 깊은 예술의 도시 프라하에서는 조금 시간을 넉넉히 잡아도 좋다. 느낄 것, 생각할 것, 맛볼 것이 많기 때문이다. 독일, 오스트리아와는 또다른 음악 세계를 펼쳐나간 드보르자크와 스메타나 같은 작곡가를 배출했고, 20세기 문학에 지대한 영향을 미친 카프카가 평생을 떠나지 못한 도시가 프라하다. 시내를 관통하는 블타바 강을 따라 도시 양안을 잇는 카를 교 등의 다리가 중세시대의 낭만을 가슴에 심어주기도 한다. 프라하에 짐을 두고 가까운 카를로비바리나 체스키크롬로프 등의 도시를 다녀와도 좋으리라.

작가가 된다는 건
끝까지 가본다는 것

체코 프라하, 『불멸』

작가가 된다는 건
끝까지 가본다는 것

프라하에서 꼭 가봐야 할 곳 가운데 바츨라프 광장도 빼놓을 수
없었다. '인간의 얼굴을 한 사회주의'를 주창하며 소련의 탱크
앞에 용감히 맞섰던 '프라하의 봄'의 역사적 현장이다. 광장에
서면 당연히 자신의 체험을 바탕으로 역사 현장을 소설에
형상화한 밀란 쿤데라를 떠올릴 수밖에 없다. 나는 프라하에서
줄곧 카프카와 쿤데라 사이의 간격을 곱씹어 보았다.

생전에 어떤 명예와 성공도 얻지 못한 채, 절망과 불안에
서성이다 41세의 나이에 요절한 유대인 작가 프란츠 카프카.
'내 책과 원고를 모두 불살라 달라' 했던 그의 유언은 여러 정황으로
보면 절절한 진심이었음에 틀림없다. 어느 편지에선가 '소설은
쓰이기 위해 존재하는 것이지 읽히기 위해 존재하는 것이
아니다'라고까지 했던 그의 말을 떠올리면 말이다. 카프카에겐
영원히 소통될 수 없는 인간 세상에서는 소설 쓰기조차 완벽히
무의미한 행위로 생각되었을 터다.

카프카보다 불과 반세기 뒤에 등장한 밀란 쿤데라는
또다른 의미에서 문제적이다. '프라하의 봄'이 좌절되어 프랑스로
망명한 뒤 그의 대표작인 『참을 수 없는 존재의 가벼움』을
발표하며 1980~90년대 포스트모더니즘 문학을 대표하는
소설가로 우뚝 솟은 작가가 쿤데라이다. 하지만 나는 그 뒤에
나온 『불멸』 이후의 쿤데라 소설에 대해선 늘 반신반의해왔다.
사고의 깊이나 거침없는 문장에는 늘 경탄하지만 한편으론 뭔가

아쉬움이 쌓여만 갔다. 그도 그럴 것이 그의 소설은 지나치게 현학적인 반면, 그다지 형상적이지 않았고 그러한 경향은 점차 심화되었다. 초기 대표작인 『농담』이 훌륭한 서사의 틀에 재미와 의미를 담고 있는 반면, 『불멸』 이후 소설들, 그러니까 『느림』이나 『정체성』 등에는 입체적인 주인공에 의한 격렬한 서사나 갈등 없이 작가의 '관념'과 생각을 펼쳐가는 철학 서적에 가깝다는 의심을 갖게 되었다. 작가 스스로 『불멸』의 어느 장에서 '시의 천분은 어떤 놀라운 관념으로 우리를 현혹시키는 데 있는 게 아니라'고 말했음에도 말이다. 최근 발표된 쿤데라의 신작 『무의미의 축제』는 이러한 생각을 더욱 공고히 해준다. 이렇다 할 사건이나 갈등도 없이 너덧 명 주인공들을 관념의 끈에 묶어 생기 없는 마리오네트 인형처럼 부리는 작가의 글쓰기는 꽤나 지쳐 보인다. 삶은 온통 무의미로 가득 찬 것임을 심드렁하게 설파하는 노작가의 주제의식은 뜻밖에도 완벽한 허무를 처절하게 실천하고자 했던 선배 작가 카프카와도 닮아 있다. '존재의 가벼움'에 참을 수 없어 했던 작가는 작품을 통해 '불멸'을 꿈꾸는 예술가를 통해 일말의 구원을 쫓는 듯했지만, 결국 삶이 '무의미'로 가득 찬 잔치임을 인정하는 듯싶다. 이제 아흔을 바라보는 작가에게 새로운 화두, 새로운 문제작을 기대하는 건 불가능한 일이 아닐까.

　체코 프라하, 『불멸』

그(괴테)는 60대에 이르러 있었다. 죽음이 가까이 다가왔고 죽음과 더불어 불멸 또한 가까이 다가왔으므로 (이미 말했듯이 죽음과 불멸은 마르크스와 엥겔스보다도, 로미오와 줄리엣보다도, 로렐과 하디보다도 더욱 아름다운, 떨어질 수 없는 한쌍의 커플을 이룬다) 괴테로서는 그 불멸자의 초청을 경시할 수 없었다.

나의 책들이 불멸하는 데 대해선 전혀 반대할 의사가 없어요. 나는 사람들이 감히 단어 하나 함부로 바꾸지 못하게 책들을 썼지요. 그 책들이 어떤 악천후에도 견딜 수 있도록 전력을 기울인 건 사실이지만, 인간 어니스트 헤밍웨이에 관해서는 불멸이 되건 말건 내 알 바 아니었소!

밀란 쿤데라, 『불멸』에서

이상한 일이다. 프라하의 거리는 흥분과 낭만으로 넘쳐 흐르건만, 이 도시의 무엇이 이렇듯 잔뜩 허무하고 절망적인 포즈의 대문호들을 배출한 것일까?

인도 바라나시, 『불의 정신분석』

불!
낙원에서 빛나고
지옥에서도
타오르는

고뇌에 찬 영혼이 자신의 추억과 고통을
말하기에는 어느 겨울 저녁, 집 주위로 바람이
몰아치고 있을 때, 밝은 불 하나만 있으면
족한 것이다.

가스통 바슐라르, 『불의 정신분석』에서

바라나시의 강가 부근 식당은 그대로 거기 있었다. 십이삼여 년 만에 찾아와 도시 전체가 낯설 거라 생각했는데 뜻밖에도 그 식당은 위치며 가게 구조까지 생생하게 기억이 났다. 오래전 그 식당에서 많은 끼니를 해결했던 기억까지 찬찬히 떠올랐다. 반가운 마음으로 가게로 들어가 커리와 차파티 등을 주문하자 종업원이 2층으로 안내했다. 감회에 젖어 계단을 밟아 올라섰고 가게를 두리번거리며 마침내 2층 홀로 몇 걸음 들어선 순간이었다. 갑자기 발밑에 뭔가 우드득 밟히는 게 있었다. 뭔가 낭패스러운 생각이 들었다. 신발 아래쪽을 내려다봤다. 아니나 다를까, 참새보다도 작은 생쥐 한 마리가 내 발에 밟혀 그대로 뻗어 있었다. 배가 터져 내장을 드러낸 건 아니지만 맑은 눈망울이 그대로 나를 올려다보고 있었다. 찝찝한 기분 때문에 곧바로 식당을 나왔다. 입맛을 잃어버린 것이다. 윤회며 살생, 업보 따위의 말들이 그토록 선명하게 공명한 순간은 생에 달리 없었을 터였다. 추억의 식당이 아니라 옆 식당으로 갔던들, 2층에 올라가 두리번거리지 않고 차분하게 앞을 보며 올라갔던들, 아니 그 자그만 생쥐가 난데없이 식당을 활보하다 그 찰나에 내 발밑을 지나지 않았던들 그런 일은 결코 일어나지 않았을 터다. 훨씬 더 거슬러 올라가 십여 년 전 이 식당을 알지 않았던들, 아니 그는 생쥐로 나는 사람으로 태어나지 않았던들 그 찰나의 참상은 일어나지 않았을 터다. 태초부터 시작된 모든 시간, 모든 역사가 오로지 그 한 순간을 향해 달려온 듯 정확하게, 내 발은 참새보다 작은 생쥐의 몸을 작신 밟아버린 것이다.

불! 낙원에서 빛나고
지옥에서도 타오르는

바라나시는 무섭다. 나는 세상에서 바라나시보다 무서운 도시를 알지 못한다. 사람들의 형형한 눈매가 무섭고 도시의 분위기며 공기 중에 떠다니는 죽음의 냄새 또한 무섭다. 예전 여행에서도 그랬고 다시 찾은 그 여행에서도 그랬다. 십수 년 전 바라나시를 처음 찾았을 때는 춘삼월이었고 때마침 인도의 가장 큰 축제인 '홀리' 축제를 그 도시에서 맞았는데, 여행자들은 크고 작은 테러를 당할 수 있으니 축제일에 바깥에 나가지 말라는 간곡한 경고를 여기저기서 들었었다. 그 경고를 무시하고 바깥으로 나갔다가 술에 취한 인도인들에게 린치를 당할 뻔했다. 인도를 한 바퀴 돌고 다시 찾았을 땐 바라나시 안의 힌두 마을과 이슬람 마을이 무력으로 충돌하는 바람에 도시 안으로 들어설 수조차 없었다. 여러 모로 격정과 흥분이 끓어 넘쳐나는 도시였다. 그래도 묘한 매력이 있는 도시였다. 가장 인도다운 도시랄까. 삶과 죽음, 윤회와 구원 같은 심오한 화두를 그처럼 진득하게 느낄 수 있는 도시가 세상 어디에 있을까.

그러나 바라나시를 가장 강렬하게 떠올리는 것은 뭐니 뭐니 해도 강가 상류의 가트에서 매일 행해지는 화장터의 풍경이다. 흔히 '갠지스 강'으로 불리던 강가는 인도를 와보지 않은 사람들에게도 강의 상하류에서 화장과 목욕, 삶이 동시에 벌어지는 가장 인도다운 장소로 각인되어 있다. 인도인이 그 강에 한줌의 재로 뿌려지기를 평생 소원하는 가장 성스러운 곳이다.

그 강가를 다시 만나고 싶었다. 화장터에서 불 태워지는 시신을
이번에는 두 눈 부릅뜨고 지켜보고 싶었다. 그러면 삶이 좀더 맵고
단단해질 것 같았다.

　　　생쥐 한 마리가 압사당한 이튿날은 인도의 최대 축제인
'디 왈리' 축제일이었다. '홀리' 축제처럼 별다른 위험은 없었지만
상점과 가게들이 모두 문을 닫았다. 한낮엔 영화관을 찾아가
발리우드의 대표 배우인 샤룩 칸이 주연한 영화를 관람했다.
늦은 오후에야 다시 그곳 화장터로 찾아갔다. 그러곤 보았다.
강변에 장작더미가 쌓이는 것을. 화장터 위쪽 골목길에서
사람들이 무언가를 떠메고 나오는 것을. 황금색 천에 덮인
그 강퍅한 시신이 활활 타오르는 장작 위에서 일순 모습을
감추는 것을. 매서운 불길 밖으로 가냘픈 손목과 헐벗은 발목이
종종 드러나는 것을. 한 사람의 지난했던 인생이 불길 속에
사라지기까지 그리 오랜 시간이 걸리지 않던 것을. 불꽃에 망가진
육신을 빠져나온 영혼이 세상 어딘가에 윤회할 새 육신을 찾아
허공을 서성이는 것을. 『인도방랑』을 쓴 후지와라 신야는
그 태워져 남겨진 재를 먹어봤다고 했던가. 나는 그럴 엄두도
못 냈을뿐더러 공기에 떠다니는 메케한 탄내에 내내 몽롱해져
이따금 헛구역질을 했다. 눈을 부릅뜨고 죽음을, 그래서 생을
바라보는 내 눈에 알 수 없는 뜨거운 것이 맺혔다.

인도 바라나시, 『불의 정신분석』

불! 낙원에서 빛나고
지옥에서도 타오르는

어둠이 내리자 마을 곳곳에 불꽃이 피어올랐다. 주로 대문 앞에 자그마한 촛불을 밝혀놓았는데 그런 촛불이 거대한 염원을 담고 온 도시에 일렁였다. 아이들과 청년들이 골목과 거리로 나와 폭죽을 터뜨리는 바람에 도시는 흡사 전쟁터를 방불케 했다. 강가 옆 광장의 제단에서는 성대하고도 경건한 제사가 치러졌다. 나는 그 의식을 강물 위 배에서 지켜보았다. 선착장에 모여 있는 뱃전에도 촛불이 밝혀졌고 강물 위에도 무수한 불꽃이 떠워졌다. 황홀하고도 몽롱한 풍광이었다. 강의 도시로 기억되던 바라나시는 실은 불의 도시이기도 했다.

훗날, 서재에서 프랑스의 과학자이자 철학자인 가스통 바슐라르의 책『불의 정신분석』을 읽으며 죽은 자를 불태우던 바라나시의 화장터와 살아 있는 사람들의 염원을 담고 흘러가던 불꽃들, 그리고 내 발밑에 압사당한 생쥐를 떠올렸다. 나는 바라나시만큼 삶과 죽음, 구원과 종교의 의미를 묻는 도시를 여전히 알지 못한다.

불은 '낙원'에서 빛난다. 불은 '지옥'에서도 타오른다.
불은 온화함이기도 하고 고문이기도 하다. 불은 부엌이기도
하고 세상의 종말이기도 하다. 불은 불가에 얌전히 앉아 있는
어린아이를 즐겁게 한다. 하지만 너무 불꽃 가까이에서 놀려고
들면 그 어떤 불복종도 처벌한다. 불은 안락이자 존중이다.
불은 수호신이자 무서운 공포의 신이요, 선한 신이자 악한 신이다.

가스통 바슐라르, 『불의 정신분석』에서

남양주 두물머리, 〈행복한 사람〉

나는
저런 시를
죽어도
못 쓸 것 같아

가령
이것이 시다,
라고 쓴 대부분의 것은 시가 아니다

설령
이것이 시가 되지 않더라도,
라고 쓰여진 것은 대부분 시다

가령(佳嶺)은 도처에 있다.
가령 화사하고 화려한 것. 가령 사랑이란 단어.
가령 그리움이란 단어. 봄날 꽃놀이 관광버스가
가 닿는 곳. 그곳이 가령이다.

설령(雪嶺)은 보이지 않는 자리에 스며 있다.
어둡고 춥고 배고픈, 눈과 귀와 혀의 뿌리.
설령 어시장 좌판이라도. 설령 공중화장실이라도.
설령 무덤이라도. 설령 보이지 않더라도.
그곳에 있다.

등반자여 혹은 동반자여
가령은 도처에 있고 설령은 도무지 없다
도대체 어디를 오를 것인가

박제영, 『가령과 설령』에서

가까이 지낸 것은 아니지만 그렇다고 멀지도 않았던, 작고한 시인 한 분을 알고 있다. 나보다는 내 선배나 지인이 잘 아는 분이었는데, 한때 널리 불렸던 운동 가요의 가사를 쓴 원작자로 뒤늦게 밝혀지기도 한 분이다. 쉰이 다 되어 세상을 등졌지만 요절이라고 해야 하지 않을까. 말년에 시인은 늘 술에 찌들어 살았다. 주변에서 아무리 말려도 밥은 먹지 않고 술만 마시다 작고한 시인의 죽음을 누군가는 '소극적 자살'이라 말했다 (시인 기형도에게도 영향을 끼쳤으며, '나는 사라진다 / 저 광활한 우주 속으로'라는 유언 같은 시를 남기고 1988년 타계한 시인 박정만 역시 그러했다). 모임에 뒤늦게 나타난 시인의 입에서는 늘 역한 술 냄새가 났고, 삶과 세상에 대한 어떤 낙관도 보이지 않았다. 다른 사람들처럼 나 역시도 그런 시인을 다소는 피해 다녔던 것 같다. 머지않아 시인의 부음이 전해졌다.

　　　그 시인이 내 마음에 다시 들어온 건 훨씬 뒤의 일이다. 시인을 잘 알고 지내던 선배 하나와 양수리로 차를 몰고 갈 때 일이다. 오디오에서 가수 조동진이 부른 〈행복한 사람〉이 막 흘러나오고 있었다.

울고 있나요. 당신은 울고 있나요?
아아, 그러나 당신은 행복한 사람

"그 형님, 예전에 어디선가 함께 술 마시다가 이 노래가
흘러나오는데, 가사를 찬찬히 듣더니 갑자기 펑펑 우시는 거야."
창을 열고 담배 연기를 뿌려대던 선배의 입에서 생전에 시인의
얘기가 무심한 듯 새어나왔다. "자기는 죽어도 이런 가사,
이런 시는 못 쓸 것 같다고. 저렇게 쉬운 시, 저렇게 편안한 시를
말이야." 봄꽃처럼 부풀어 오른 연둣빛 강물을 옆에 끼고 운전하며
갑자기 작고하신 시인이 떠올랐다. 따지고 보면 뭐 대단한
가사라고, 저 단순한 가사에 눈물을 흘리셨다는 걸까?
    그 뒤로 나는 조동진의 〈행복한 사람〉을 편안하게 들을 수
없었다. 굉장한 계시와 지혜, 시의 본질을 얘기해주는 노래처럼
들렸다. 그러곤 시인을 생각했다. 아, 생전에 조금 더 말씀을
들어볼걸. 조금 더 술잔에 술을 따라드릴걸. 왜 후회는 늘 늦는지.
후회는 조금만 더 일찍 찾아와줄 순 없는 건지.
    시를 잘 알지도, 제대로 읽지도 못하지만, 시란 것은
나 같은 보통사람마저 앓게 하는 힘이 있는 게다. 시에 대한
이런저런 말에 대해 관심을 갖게 된다. '가령 / 이것이 시다,
라고 쓴 대부분의 것은 시가 아니다 // 설령 / 이것이 시가 되지
않더라도, 라고 쓰여진 것은 대부분 시다'라는 시를 우연히 어느
책에서 접했다. 마치 저 유명한 『도덕경』의 첫 문장처럼 '도를
도라고 하면 이미 도가 아니다^{道可道非常道}'라거나 추사 김정희
선생이 말한 '난을 치는 데에 법이 있어도 안 되지만, 법이 없어도

남양주 두물머리, 〈행복한 사람〉

나는 저런 시를
죽어도 못 쓸 것 같아

또한 아니 된다^{사란유법불가 무법역불가, 寫蘭有法不可 無法亦不可}' 같은 혜언이
떠오른다. '시인적 본성은 심리학적 관심과 무관하지 않고,
심리학적 관심은 신화에의 관심과 무관하지 않다'라던 토마스 만의
말, 시인을 다른 눈과 귀를 갖고 세상을 보는 먼 옛날의 샤먼과
같은 사람으로 보는 생각에 고개를 끄덕이게 되었다. 내가 아는
시인은 그랬다.

　　　언제던가, 텔레비전에 팔순이 넘은 고은 시인이 나왔다.
노벨 문학상 후보로도 거론되며 우리나라 대표 시인으로
불리는 시인에게 사회자가 '시가 무엇입니까?'라고 묻자 시인
역시 '모르겠다'라고 답하셨다. 아, 진짜 시인은 시를 모른다고
하는 자이구나. 어디 시뿐인가. 나는 '내가 잘 알고 있다!'라고
말하는 사람을 믿지 않는 편이다. '잘은 모르지만'이나 '모르긴
몰라도'라고 허두를 떼는 사람들이야 말로 무언가 진정 아는
사람이 아닐까? 시를, 대체, 누가 알 수 있겠는가.

나는 20여 년의 시작 생활을 경험하고 나서도 아직도 시를 쓴다는 것이 무엇인지를 잘 모른다. (중략) 시를 쓴다는 것이 무엇인지를 알면 다음 시를 못 쓰게 된다. 다음 시를 쓰기 위해서는 여태까지의 시에 대한 사변을 모조리 파산시켜야 한다.

김수영, 『김수영 산문집』에서

나는 저런 시를
죽어도 못 쓸 것 같아

프랑시스 잠,
릴케,
동주,
그리고 백석

하눌이 이 세상을 내일 적에 그가 가장
귀해하고 사랑하는 것들은 모두
가난하고 외롭고 높고 쓸쓸하니
그리고 언제나 넘치는 사랑과 슬픔 속에
살도록 만드신 것이다
초생달과 바구지꽃과 짝새와 당나귀가
그러하듯이 그리고 또 '프랑시쓰 쨈'과
'도연명'과 '라이넬 마리아 릴케'가 그러하듯이

백석의 시, 「흰 바람벽이 있어」에서

충격적인 한 장의 사진을 보았다. 식민지 시대에 주옥같은 시를 남긴 시인 백석의 노년의 사진이다. 말년에 북한에서 촬영된 것으로 추정되는 사진 속 백석의 모습은 내게 충격이었다. 나는 그가 분단 이후 북한에 남겨져 1950년대 후반이나 1960년대 초반 쓸쓸하게 생을 마감한 것으로 알고 있었다. 그런데 새로 간행된 그의 전집을 보다가 그가 1995년까지 생존해 있었다는 사실을 처음 알게 되었고 그의 가족사진으로 알려진 사진까지 보게 된 것이다. 사진 한쪽에 허름하게 자리를 차지하고 있는 나이든 시인은 젊은 날의 마르고 선량한 인상은 그대로였지만, 어쩐지 위대한 시를 세상에 쏟아냈던 총명함과 당당함은 온 데 간 데 없어 보였다. 그가 1995년까지 생존해 있었던 것에 한 번 놀랐고 사진에 담긴 그의 창백한 노년을 보고 또 한 번 놀랐다. 누가, 무엇이 시인으로 하여금 그의 시인다움을 앗아간 것일까? 단지 세월과 시간 때문이었을까? 그의 사진에서 내가 본 것은 늙음 이상의 폐허였다.

그해 겨울 다시 찾아간 곳은 중국의 동북 3성, 흔히 예전엔 만주滿洲라고 불리던 땅이다. 흑룡강성, 길림성, 요령성 등 세 성을 아우르는 이 땅은 우리 독립운동사의 중요한 현장이기도 한데, 내겐 이곳이 자꾸만 시인들의 땅으로 생각된다. 시인 윤동주가 이곳 출신이며, 시인 이전에 독립운동가로 활동한 이육사의 체취를 느낄 수 있는 곳도 이곳이다. 동주, 육사 외에도

해맑았던 시인 백석이 한창 절정의 시를 쏟아내다가 일제의
탄압이 심해지자, 친구인 허준과 정현웅에게 "만주라는 넓은
벌판에 가 시 백 편을 가지고 오리라"는 다짐을 하고 이곳에 온
것이 1939년 일이라 했다. 만주처럼 식민지 시대 시인들에게 가슴
뜨거운 시를 토해내게 한 땅이 또 있을까?

　　　그러다 조선족이 가장 많이 사는 길림성 연변의 용정촌에서
시인 윤동주의 자취를 만나 그에 관한 기록을 읽어나가다가
나는 다시 깜짝 놀라고 말았다. 너무나도 잘 안다고 생각했던
동주의 시 「별 헤는 밤」의 대목을 찬찬히 읽다가 뭔가가 머리를
거세게 때렸다. 바로 이 대목이다.

어머님, 나는 별 하나에 아름다운 말 한 마디씩 불러 봅니다.
소학교 때 책상을 같이했던 아이들의 이름과 패, 경, 옥 이런
이국 소녀들의 이름과 벌써 애기 어머니 된 계집애들 이름과,
가난한 이웃 사람들의 이름과, 비둘기, 강아지, 토끼, 노새, 노루,
프랑시스 쟘, 라이너 마리아 릴케, 이런 시인의 이름을 불러
봅니다. 이네들은 너무나 멀리 있습니다. 별이 아슬히 멀 듯이

　　　　　　　　　윤동주, 「별 헤는 밤」(1941. 11. 5)에서

곧바로 내가 좋아하는 백석의 시 「흰 바람벽이 있어」를 찾아보고
그 창작 연대도 확인해보았다.

하눌이 이 세상을 내일 적에 그가 가장 귀해하고
사랑하는 것들은 모두 가난하고 외롭고 높고 쓸쓸하니 그리고
언제나 넘치는 사랑과 슬픔 속에 살도록 만드신 것이다.
초생달과 바구지꽃과 짝새와 당나귀가 그러하듯이 그리고 또
'프랑시쓰 쨈'과 '도연명'과 '라이넬 마리아 릴케'가 그러하듯이.

백석, 「흰 바람벽이 있어」(1941. 4. 『문장』 26호)에서

　　　생각이 많아졌다. 두 시에 공통적으로 등장하는 프랑시스
잠, 라이너 마리아 릴케라는 두 시인도 그러려니와 그 시인들을
나열하고 읊조리는 방식, 시 전반에 흐르는 정서까지도 너무나
흡사했다. 백석의 시가 몇 개월 앞선 것을 보면, 그렇다면 윤동주
시인이 백석의 시를 표절한 것일까?
　　　사실 그 뒤에도 인터넷을 뒤져 「별 헤는 밤」과 「흰 바람
벽이 있어」의 유사성에 관해 찾아보았는데, 더러 언급된 포스트가
있지만 명쾌하게 알려주는 글은 찾지 못했다. 물론, 나는 동주가
의도적으로 표절을 일삼았다고 생각하지 않는다. 「별 헤는 밤」이
실린 시집 『하늘과 바람과 별과 시』는 손으로 필사해 3부만

지인과 나눠가진 것이 가까스로 소멸되지 않고 보존되어
우리에게 전해진 것이다. 아마도 후쿠오카 형무소에서 이상한
주사와 실험에 몸이 허물어져 가면서 동주는 자신의 시들이
자신의 죽음과 함께 세상에서 사라져버리리라고 생각했을 터다.
자신의 시가 이토록 유명해지고 널리 애송되리라고는 꿈에도
생각 못했을 것이다. 그에게 시를 쓰는 행위는 상업적 성공을
위해 표절을 일삼는 따위 행위는 아니었을 것이다. 그가 평소에
흠모했던 시인이 (정지용과 함께) 백석이었던 점을 떠올린다거나,
당시 많은 시인들이 프랑시스 잠과 릴케를 동경한 사실로 보면
순수한 마음의 오마주이거나 우연일 거라고 나는 생각한다.
시의 마음이 이렇게 아름답게 만나는 일이 또 있을까?

어렵게 찾은 시인 윤동주의 무덤 앞에 서서 암울했던
식민지의 시간을 관통해간 시인의 마음을 그려 보았다. 시인의
묘 옆에는 그의 친척이자 평생 동지이기도 했던 청년 송몽규가
또 잠들어 있었다.

　　　　연변과 흑룡강 성을 떠돌다가 마침내 옛 만주국의
수도였던 창춘長春에 도착했다. 일제가 중국과 아시아를 점령하려는
야욕을 품고 청나라의 마지막 황제 부이를 꼭두각시로 내세워
수립한 만주 괴뢰국의 수도가 창춘, 그 당시 지명으로는
신경新京이었다. 바로 이 신경으로 많은 조선인이 저마다의 목적과
야망을 갖고 모여들었던 것이다. 그들 가운데 가난하고 외롭고
높고 쓸쓸한 시인 백석도 끼어 있었으리라. 백석이 창춘에서
무얼 하고 느꼈는지는 정확히 알 수 없다. 그 기간에 지은 것으로
추정되는 몇 편의 시 속에서 만주의 삶을 가늠해볼 뿐이다.
나는 창춘의 거리를 걸으며 옛 시인과 독립운동가의 마음을
헤아려 보았다. 겨울, 만주의 바람은 몹시도 춥고 살벌했을 것이다.
그 춥고 혹독한 길모퉁이에서 눈 맑은 시인이 '시 백편을 가져'가기
위해 골똘하고 있는 모습을 생각했다. 프랑시스 잠과 라이너
마리아 릴케와 동주처럼.

프랑시스 잠, 릴케, 동주,
그리고 백석

칠레, 『파블로 네루다와 우편배달부』

사랑에
빠진 자,
모두
시인이다

"저도 시인이 되고 싶어요."

"여보게, 칠레에 사는 사람은 모두 다 시인이야.
 그냥 우체부로 있는 게 더 독특한 거야. 적어도
 많이 걸어 다닐 수 있으니까 몸이 뚱뚱하지
 않잖나. 칠레의 시인은 하나같이 뚱뚱하거든."

"제가 시인이라면 하고 싶은 말을 다 할 수
 있을 거예요."

"뭘 말하고 싶은데?"

"바로 그게 문제예요. 시인이 아니라서
 그걸 알 수가 없어요."

안토니오 스카르메타,
『파블로 네루다와 우편배달부』에서

칠레의 대통령 관저인 모네다 궁 앞에서 근위대 교대식을
지켜보다가 관저 앞 작은 공원에 마련된 역대 대통령의 흉상을
볼 때였다. 그 가운데 비운의 대통령이었던 살바도르 아옌데의
동상을 발견하고 그만 마음이 울컥했다. 합법적인 선거로 당선된
아옌데 정권을 향해 피노체트 등 일군의 군인들이 쿠데타를
일으켜 탱크를 몰고 쳐들어왔을 때 아옌데는 궁에 남아 최후까지
저항하다 사망했다고 한다. 그의 조카이자 소설가인 이사벨
아옌데는 소설『영혼의 집』에서 이 비극의 역사를 마술적 리얼리즘
기법을 가미해 생생하게 증언하고 있다. 무력 쿠데타로 집권한
독재자 피노체트 일당의 고문과 학살, 인권탄압으로 점철된
17년간의 서슬 퍼런 시절의 이야기는 이 나라 출신 소설가 로베르트
볼라뇨의 소설『칠레의 밤』에도 절망적으로 묘사되고 있다.

　　하지만 역시 칠레 하면 떠오르는 작가는 시인 파블로
네루다다. ‘모든 언어를 통틀어 20세기 가장 위대한 시인’이란
찬사를 받으며 노벨 문학상을 수상한 작가인 네루다는 세계인이
가장 사랑하는 시인이기도 하다. 네루다 역시 아옌데 정권에서
외교관 생활을 하며 아옌데의 든든한 동반자가 되었다가 결국
쿠데타가 발발한 지 얼마 안 되어 쓸쓸하게 생을 마감하였다.

SALVADOR
ALLENDE
GOSSENS
(1908-1973)

"TENGO FE EN CHILE Y SU DESTINO".
II DE SEPTIEMBRE DE 1973

사랑에 빠진 자,
모두 시인이다

여행을 완성시켜준 문장들　**339**

칠레, 『파블로 네루다와 우편배달부』

사랑에 빠진 자,
모두 시인이다

칠레의 수도 산티아고에서 며칠 머물다 칠레 북부 아타카마
사막으로 올라갈 때 자꾸만 고민이 되었던 것은, 네루다가 노년에
은둔하며 창작에 열중했다는 해안가 마을 발파라이소의 집
이슬라네그라에 들를 것인가 말 것인가 하는 것. 그곳에 들르자니
빠듯한 여행이 더욱 빠듯할 듯했고, 그냥 지나가자니 네루다를
뵙지 못하는 일이 영 섭섭했다. 고민 끝에, 결국 들르지 않았다.

후회는 여행 뒤에 크게 엄습했다. 안토니오 스카르메타라는
생소한 작가의 『파블로 네루다와 우편배달부』, 우리에겐 영화
〈일 포스티노〉의 원작으로 알려진 소설을 읽고서였다. 아름다운
소설이었다. 허구의 인물인 우편배달부 마리오는 물론, 실존했던
시인 파블로 네루다의 인간됨을 음미하며 한껏 행복해진 소설이었다.
여행 전에 이 책을 만났더라면 틀림없이 발파라이소 마을의
이슬라네그라에 들렀을 것이다. 어떻게 안 그럴 수 있겠는가?

쿠데타로 모든 것이 암흑으로 치닫는 절망적인 결말을
제외하고는 소설은 전편에 걸쳐 매우 따뜻하면서도 낭만적이다.
해안가 마을 별장에 칩거해 사는 시인에게 우편물을 배달해주는
무지렁이 우편배달부가 시인을 만나면서 시에 대해, 삶에 대해,
사랑에 대해 눈 뜨는 과정을 읽고 지켜보는 일은 가슴이 차츰
따뜻해지는 일이었다. 리듬과 운율, 상징과 은유(메타포) 등
시의 미학과 기교를 학교와 책이 아닌 시인을 통해, 사랑을 통해,
그리고 가슴을 통해 배우고 체득해가는 우편배달부의 순수함과
열정은 너무나도 사랑스럽다.

"어떻게 설명 드려야 할까요? 어르신이 시를 읊으니까
 단어들이 여기저기 사방으로 뛰어다니는 것 같았어요."

"바다처럼? 그게 바로 리듬이라는 거야"

"너무 많이 움직이다 보니 멀미가 날 정도였어요.
 어르신 말씀을 타고 흔들거리는 배처럼 흘러가는 것 같았어요."

"마리오, 자네가 지금 뭘 했는지 아나?"

"뭘 했는데요?"

"메타포."

안토니오 스카르메타,
『파블로 네루다와 우편배달부』에서

사랑에 빠진 자,
모두 시인이다   여행을 완성시켜준 문장들   **343**

　칠레, 『파블로 네루다와 우편배달부』

마리오는 대시인에게서 배운 '메타포'라는 강력한 무기를 사용해 마을 처녀 베아트리체에게 사랑을 고백해 그녀와 결혼하는 데에도 성공한다. 자신도 모르는 사이 터득해버린 '메타포'가 그를 시인으로 만들고, 사랑을 이루게 해주었으며 네루다와 같은 가슴 뜨거운 혁명가로 만들어준 셈이다. 시야말로 우리의 메마른 가슴을 촉촉하게 적셔주고 얼어붙은 마음을 녹여주는 강력하고 위대한 도구가 아니던가. 그 시의 정수리에 은유, 즉 메타포가 살아 숨 쉬는 것이다. 어떤 시 이론서나 개론서보다 시에 대해, 또 메타포에 대해 쉽고 명쾌한 얘기를 들려주는 소설이다.

조금씩 사랑의 존재로 변해가는 등장인물을 바라보는 일은 행복하다. 소설 읽기란 결국, 세상의 진실과 마음에 눈 떠가고 삶을 변화시키는 사람들을 바라보고 관찰하는 일일 터. 다소 성급하게 마무리되는 약점을 염두에 두더라도『파블로 네루다와 우편배달부』는 무지렁이 우편배달부의 아름답고 위대한 변신을 지켜볼 수 있는 따뜻한 소설이다.

내가 지나온
모든 길은
당신에게로
향한 길

내가 지나온 모든 길은

곧 당신에게로 향한 길이었다

내가 거쳐 온 수많은 여행은

당신을 찾기 위한 여행이었다

내가 길을 잃고 헤맬 때조차도

나는 당신을 향해 걸어가고 있었다

그리고 마침내 당신을 발견했을 때

나는 알게 되었다

당신 역시

나를 향해 걸어오고 있었다는 것을

잘랄 알 딘 알 루미

터키 카파도키아, '루미의 시들'

내가 지나온 모든 길은
당신에게로 향한 길

세상을 떠돌며 많은 전통춤과 민속춤을 보았지만 그중에서도
단연 최고의 춤이었다. 바라보는 내내 숨이 멎을 듯했다.
많은 관객들이 함께 관람했는데 공연장 안은 개미 기어가는
소리라도 또렷이 들릴 듯 조용했다. 치렁치렁한 순백의 의복을
입은 네댓 명의 남자 무희들이 일정한 간격을 두고 원을 뱅그르르
도는 것이 춤의 전부인데 뭔가에 압도당하는 느낌이 들었다.
춤이라기보다는 경건한 의식, 접신의 제의처럼 보였다.
피리와 북 같은 단순한 악기가 템포를 높여가자 오르골 인형처럼
한 자리에서 정신없이 돌아가는 사내들의 표정도 차츰 무아의
풍경으로 변해갔다.

　　　너무도 보고 싶었던 춤이다. 수피 댄스라고도 불리는
터키의 세마 춤은 쾌락과 축제의 춤이 아닌 신앙과 제의의 성격을
짙게 풍겼다. 사내들의 의상과 긴 모자는 그대로 죽음과 무덤을
상징한다고 했다. 이란 출신의 신비주의 시인으로 영적인 시를
많이 남긴 잘랄 알 딘 알 루미(1207~1273)가 이 춤을 처음 춘
이로 알려져 있다. 율법학자였던 그가 어느 날 미치광이 수도승
샴스라는 사람을 만난 뒤 그와 문을 걸어 잠그고 며칠 동안 토론을
거친 뒤 큰 정신적 깨달음을 얻게 되었고, 그 역시 학자의 신분을
벗고 시인이 되었다 한다. 몸과 의식이 따로 노는 경지의 이 춤을
표현했음 직한 루미의 시는 이렇다.

우리 안에 있는 비밀스러운 회전이
우주를 돌게 한다

머리는 발에 대하여, 발은 머리에
대하여, 서로 모른다

상관없다. 그들은
계속 돌고 있다

잘랄 알 딘 알 루미, 「회전」 전문

이스탄불에서 세마 춤을 본 이튿날, 밤 버스를 타고 터키에 인접한
불가리아로 넘어갔고 이삼일 뒤엔 루마니아로 올라가 여행하다
비행기를 타고 그리스로 넘어갔다. 산토리니 섬 등에서 며칠을
보낸 뒤 배를 타고 터키의 항구 도시인 보드럼으로 들어왔다.
열흘 여 만에 다시 터키 땅을 밟은 것이다. 보드럼의 아름다운
해변을 떠돌다가 그 저녁에 또 밤 버스를 타고 터키 중부의
카파도키아로 향했다.

　　　박명 뒤 아침 해가 떠오를 즈음, 망망한 평원을 달리던
버스 차창 밖으로 기괴한 바위와 협곡의 풍경이 시작되었다.
기암의 지형이 점차 복잡해져 갈 즈음, 승객들의 남은 잠을 퍼뜩
깨우는 광경이 창밖에 펼쳐졌다. 수십, 수백 개의 열기구가 허공
위에 작은 점으로 떠 있는 것이 아닌가! 기암의 마을과 기묘하게
어울린 열기구의 무리는 황홀경을 빚어내고 있었다.

　　　며칠, 몇 달을 보아도 그 진면목을 다 볼 수 없다는 광활한
카파도키아에 도착한 것이다. 그 지방의 중심 마을인 괴레메에
도착해 동굴을 개조해 만든 호텔에 방을 잡은 뒤 기암과 동굴이
드넓게 펼쳐진 인근 마을을 방문했다. 이슬람의 탄압을 피해
피신한 크리스트교도에 의해 은신처와 예배당으로 사용되었다는
기암과 동굴은 자연이 빚어낸 최고의 조각품이라는 이름값을
톡톡히 해내고 있었다. 어떻게 이런 지형이 가능한 것일까?
자연의 솜씨는 한낱 인간의 상상과 기대를 늘 넘어서기 마련이다.

괴레메 마을이 한눈에 내려다보이는 위츠히사르 언덕에 올라
한참 자리를 뜰 수 없었다. 자연의 아름다움에 흠뻑 빠져 넋을
놓고 있다가 아주 오래전에 보았던 〈욜Yol〉이라는 터키 영화가
뒤미처 떠올랐다. 터키의 참혹한 악습과 인권 탄압의 현실을
고발한 영화는 감독인 일마즈 귀니가 터키 감옥에서 시나리오를
쓰고 제작한 일화로 유명하다. 우여곡절 끝에 필름이 제출된
1982년 칸 영화제에서 이 영화는 그랑프리를 수상한다. 다섯 명의
모범수들이 특별 휴가를 받아 각자의 고향으로 돌아가는 여정에
겪게 되는 기구하고 암울한 경험이 병렬로 펼쳐지는 영화에서
결국 제대로 감옥으로 복귀한 이는 한 사람도 없다. 인생의 '길'을
의미한다는 '욜Yol'의 제목처럼 준엄한 삶의 풍경이 이어졌다.
근래 나온 묵직한 터키 영화 〈윈터 슬립〉의 아름다운 장면도
여기 카파도키아를 배경으로 하고 있다. 〈욜〉로부터 삼십 몇 년
뒤 칸 영화제의 황금종려상을 수상한 이 영화는 인간의 내면과
영혼을 탐구하고 있다. 어째서 사람의 일은 그들이 터한 자연만큼
조화롭고 아름다울 수 없는 것일까?

내가 지나온 모든 길은
당신에게로 향한 길

터키 카파도키아, '루미의 시들'

내가 지나온 모든 길은
당신에게로 향한 길

이튿날, 열기구 투어에 참여하기 위해 새벽 세 시가 좀 넘어 잠에서 깼다. 호텔까지 와준 차를 타고 한참을 달리자 거대한 공터와 언덕에 하나둘씩 몸집을 불려가는 열기구들이 눈에 들어왔다. 사방에서 수많은 열기구들이 수증기처럼 떠올라 허공으로 증발하기 시작할 즈음 우리가 탄 열기구도 지상으로부터 발을 뗐다. 열기구를 타고 하늘로 올라서는 느낌은 생각보다 시시했다. 현기증도 불안함도 없이 안전하고 평이한 느낌이었다. 그러나 한참을 올라가 내려다 본 카파도키아, 아니 터키 중부의 드넓은 땅의 표정은 아득하고도 황홀했다. 기암의 협곡과 너른 평야를 사이에 두고 상하 좌우로 펼쳐진 땅덩어리를 내려다보며 그 땅에 새겨진 사람들의 길과 삶을 가늠해보았다.

터키에서 드넓은 평원과 산악을 지나 동으로, 동으로 향하는 길은 서양이 간절히 동양을 만나기 위해 손을 뻗었던 실크로드의 길이다. 일본 작가 후지와라 신야의 에세이 『동양기행』이 터키를 출발점으로 하고 있고, 예순두 살 나이에 실크로드 1만2천 킬로미터를 도보로만 답파한 베르나르 올리비에의 『나는 걷는다』의 여정도 터키에서 시작된다. 그렇게 서구는 간절히 동양을 향해 걸어갔다. 어디 서양뿐이랴. 동양 역시 서양을 향해 묵묵히 걸어왔다. 세상의 길이 어떻게 만나고 연결되는지 아는 게 여행이지, 다른 것이 여행일까. 모든 길과 길 위의 여행은 어디론가 손을 뻗는 행위에 다름 아니다.

열기구를 타고 기암의 대지 위를 날아오르던 그 황홀한 아침에
루미의 시 한 구절을 떠올렸다. 내가 지나온 모든 길은 당신에게
가는 길이었다고. 그리고 당신도 저기 나를 향해 걸어오고 있다고.

내가 지나온 모든 길은
당신에게로 향한 길

터키 카파도키아, '루미의 시들'

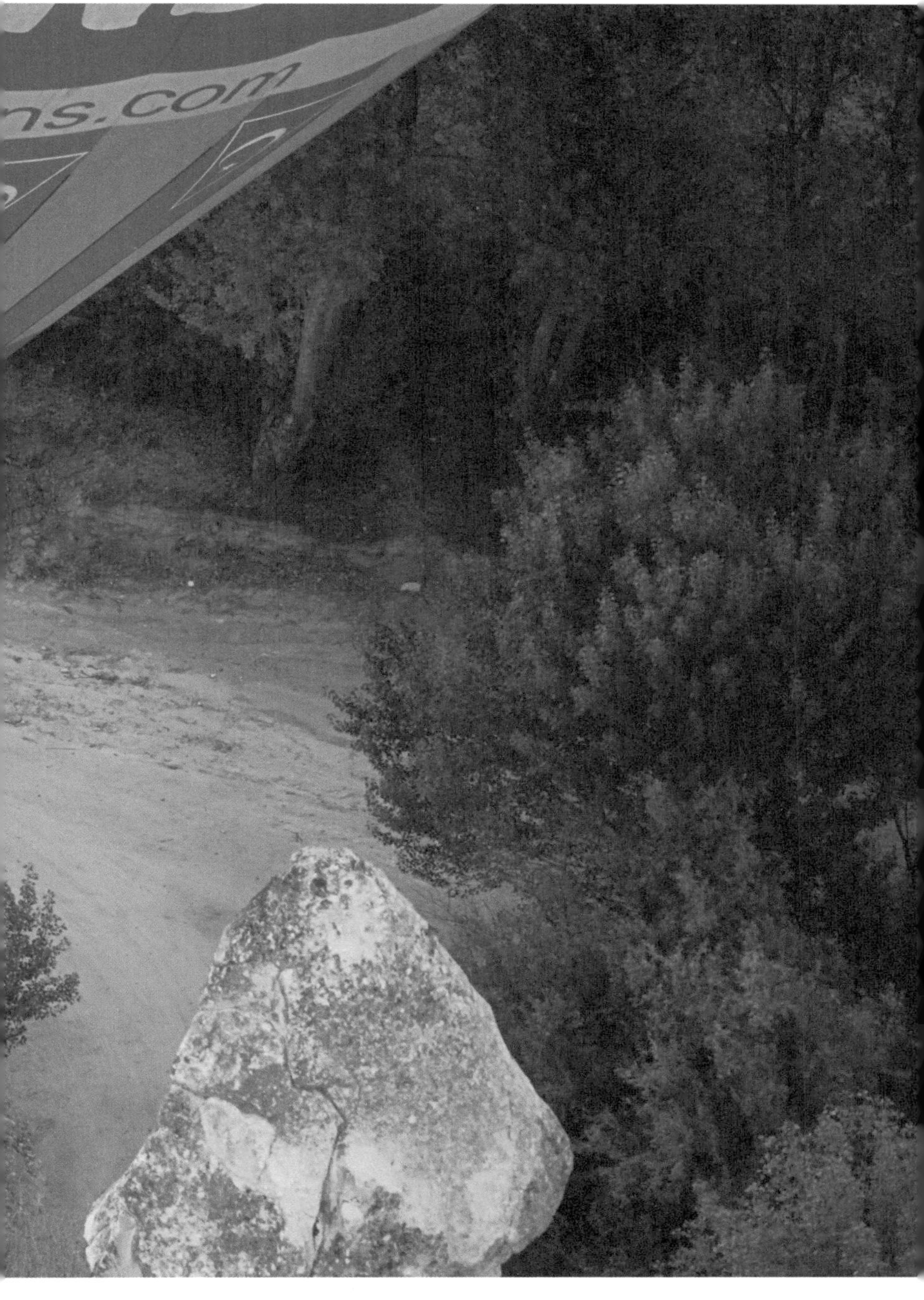

내가 지나온 모든 길은
당신에게로 향한 길

역사란,
좆같은 일의
연대기

"역사요? 역사는 좆같은 일 다음에
좆같은 일 다음에 좆같은 일이 끊임없이
이어지는 거죠!"

연극 〈히스토리 보이즈〉에서

역사란,
좆같은 일의 연대기

우연히 텔레비전 시사 프로그램을 볼 때였다.

지금도 진행중인 이스라엘과 팔레스타인의 긴긴 슬픔의 역사를
훑는 프로그램이었는데, 어느 순간 텔레비전에서 본 글귀를
휴대전화에 메모해두지 않을 수 없었다. 자신들이 저지른
팔레스타인에서의 만행에 대해 이스라엘의 한 정치인이
한 말이었다. 끔찍한 폭력을 저지르거나 조장한 인간이 바라는
것이 그 한 줄에 요약돼 있었다.

"늙은이들은 죽을 것이고, 젊은이들은 모를 것이다"

　　　이 말을 들으며, 오래전 여행한 이스라엘과 팔레스타인을
떠올렸고 곧 시리아에까지 생각이 미쳤다. 팔레스타인 땅도
그러하지만, 시리아로부터 전해지는 소식은 지난 몇 해 지구촌에서
가장 가슴 아픈 뉴스로 채워져 왔다. 북아프리카에서 촉발된
이슬람 내부의 정치 혁명이 급기야 중동으로 번지며 가장 비극적인
상황을 잉태한 나라가 시리아다. 내전으로 치달은 상황은 물론,
잔인무도한 테러를 서슴지 않은 무장단체 IS의 등장, 그리고
생사를 건 탈출을 감행한 시리아 난민에 관한 뉴스가 이어졌다.
그러면서 역설적으로 사람들은 시리아에 무뎌졌다. 무수하게
쏟아지는 잔혹한 뉴스는 결국 뉴스의 소비자로 하여금 타인의
고통에 내성을 키우고 불감증에 걸리게 만드는 것은 아닐까?

나 역시 한동안 시리아의 뉴스에 둔감해 있었던 것 같다.
시리아라는 구체적인 나라가 아닌 뭉뚱그려 지구별의 어느 불행한
나라로 치부해버린 것이 아니었던가. 그 나라를 몇 해 전 여행했고,
그 나라에서 맑고 밝은 사람들을 만난 기억조차 까맣게 잊고
있었다. 어떻게 그럴 수가 있었을까?

엊그제 우연히 신문을 읽다가 잠깐 눈을 끄는 기사가
있었다. 내전 기간 동안 철저히 파괴된 시리아의 오래된
유적이 나열되어 있었다. 대부분 세계문화유산으로 등재된
유서 깊은 유적이었다. 성경에도 등장하는 가장 오래된 도시인
수도 다마스쿠스를 비롯해, 이슬람 3대 모스크 우무야드 모스크,
레바논과 접경한 '크락 데 슈발리에(기사의 성채)', 그리고
실크로드 상의 가장 중요한 유적인 팔미라 등이 무장단체 IS와
거듭되는 폭격으로 철저히 파괴된 현장을 전하고 있었다.
아, 저 말 없음으로 지난 세월을 말해주던 유적이 더는 세상에
존재하지 않다니!

역사란,
좆같은 일의 연대기

내가 시리아를 찾아간 것은 2010년 1월이었다. 요르단에 파견 근무 나가 있는 친구를 만날 겸해서 간 것인데 친구의 집을 베이스캠프 삼아 요르단과 인근의 시리아, 레바논, 이스라엘까지 여행하고 왔다. 그때까지만 해도 전쟁과 테러의 긴장감은 오히려 이스라엘 땅에 도사리는 정도였다. 먼저 친구와 와디럼 사막과 페트라 유적 등 요르단을 여행한 뒤, 곧 홀몸으로 시리아 국경을 넘었다. 긴장감이나 두려움 따위는 없는 가뿐한 월경越境이었다. 시리아 수도 다마스쿠스에서 이틀을 보낸 뒤 실크로드 상의 중요한 기점이었던 오아시스 도시 팔미라의 유적을 둘러보았다. 팔미라에서 멀지 않은 도시 홈즈에서 하룻밤을 잔 뒤 가장 아름다운 성채 유적인 크락 데 슈발리에를 찾았다. 거장 미야자키 하야오 감독의 대표작 〈천공의 성 라퓨타〉의 모델이 된 이 성은 유럽이나 중동에서 만난 어떤 성보다 견고하고 아름다웠다. 어릴 적 만화나 동화책에서 본 그런 난공불락의 성채가 아닌가!

그런 시리아가 이제는 갈 수 없는 나라가 되었다.

역시 오랫동안 갈 수 없는 나라가 되어버린 아프가니스탄의 불행한 현대사는 미국으로 망명한 아프가니스탄 출신 소설가 할레드 호세이니의 『연을 쫓는 아이』나 『천개의 찬란한 태양』 등의 소설을 통해 비극의 안쪽을 가늠할 수 있었다.

최근 어느 여행길에 나는 재일교포 서경식 교수의『시의 힘』이란
책을 갖고 갔다. 꼭 읽어봐야 할 책이라는 녹록잖은 평이 여기저기서
들려와 무척 궁금했다. 재일교포 2세로 일본의 도쿄게이자이
대학에서 강의하는 서경식 교수의 글은『서양미술순례』나
『서양음악순례』같은 책을 통해 이미 접한 바 있다.

　　　책은 어렵지 않게 잘 읽혔다. 앞부분, 저자의 가족사와
저자가 시에 관심을 갖게 된 경위는 아는 부분도 있어 쉽게 읽혔다.
한국 저항시의 계보를 더듬어간 부분은 굉장히 정리가
잘 되었다는 생각이 들었다. 그러나 책에서 가장 공감을 느끼며
주목한 부분은 '제노사이드', 즉 인류가 자행하거나 초래한
무지막지한 대학살과 재앙이 과연 문학으로 형상화될 수
있느냐는 물음을 던지는 대목이다. 팔레스타인 출신의 학자
에드워드 사이드와 아우슈비츠에서 생존한 작가 프리모 레비
등의 저작을 통해 이 문제를 깊이 천착한 저자의 결론은 '형상화
불가능'에 가까웠다.

‘제노사이드’를 주제로 하는 증언 문학의 성립에는 몇 단계의
어려움이 따른다. 첫번째로 일차적인 증언자 대다수가 문자
그대로 학살당해 부재하다는 사실이다. 두번째, 생존자
대부분은 차라리 입을 닫고 기억을 억압하고자 하는 경향이
강하다는 것이다. 세번째, 설령 증언이 이루어지더라도
그 메시지가 그대로 독자에게 전달되지 않고 왜곡되어 소비되는
경우가 많다. 네번째로 아우슈비츠처럼, 사실을 표상하는
것이 애당초 가능한 것인지, 그것을 표상하고자 하는 행위는
불가피하게 실제 일어난 사실을 왜소화하거나 진부화 혹은
상품화하는 것은 아닌지 하는 문제가 있다. 이 같은 의문은
테오도어 아도르노의 “아우슈비치 이후, 시를 쓰는 것은
야만이다”라는 선언 이후, 거듭 표명되었다.

서경식, 『시의 힘』에서

저자는 여기서 나아가 일본의 '후쿠시마' 원전 사고의 문학적 형상화가 과연 가능한지를 조심스럽게 묻고 있지만, 내겐 우리 사회 최대 비극인 '세월호'에까지 생각이 미친다. 현실이 문학보다 더 극적이고도 충격적인 시대를 우리는 살고 있는 것이다.

　　내 사진 폴더에 남아 있는 시리아의 맑고 상냥했던 얼굴의 사람들이 지금 온전히 생존해 있을까? 모르긴 몰라도 어마어마한 시련이 그 아이들, 그 사람들에게도 닥쳤을 것이다. 다녀온 여행지에서 벌어진 일에 어떻게 여행자가 무심할 수 있을까? 여행은 다녀온 땅에 대해 빚을 지는 일이기도 하다.

　　슬프다! 역사란 진정 '좆같은 일의 연대기'에 다름 아닌 것인가?

그(견훤)가 역사 속에서 무슨 큰 잘못을 저질렀는지 별로 잡히는 것이 없다. 그저 패자였을 뿐이다.

　　　　　　　　　　유홍준, 『나의 문화유산답사기』에서

시리아, 『시의 힘』

역사란,
좆같은 일의 연대기

나의 적이
절대로 알아서는
안 될 책

'나의 적이 가진 책은 곧 나의 적'

레베카 크누스,
『20세기 이데올로기, 책을 학살하다』에서

"우선 그자의 책을 수중에 넣어야 함을 잊지
마십시오. 책만 없으면 그자는 나와 마찬가지로
돌대가리이며 부릴 수 있는 정령은 단 하나도
갖지 못하게 된답니다."

셰익스피어 『템페스트』에 나온 말, 앞 책에서

책 광고의 카피에 『박사가 사랑한 수식』이란 소설의 띠지에 적힌 카피로 기억되는 '당분간 다른 책은 읽고 싶지 않았다'라는 문구를 좋아한다. 처세술 관련 책인지 인문학 서적이었는지 기억나지 않지만, '나의 적이 절대로 알아서는 안 될 책'이란 카피도 그럴싸하다. 어떤 자기계발서의 책 광고 카피는 '이 책을 세 번 읽은 사람과는 협상하지 말라'였다. 책의 제목이 책의 판매를 좌지우지 하는 경우를 종종 보는데 이런 책 광고 카피도 사람을 혹하게 만든다. 정말 좋은 책은 주변에 두루 소개하고 함께 나누고 싶지만, 정말 정말 정말 좋은 책은 많은 사람들이 알지 않고 오로지 나 (소수의 사람)만 알았으면 하는 바람도 없지 않으리라.

티베트의 불경 아닌 불경 『티베트 사자의 서』는 책에 대한 재미있는(?) 스토리를 갖고 있다. 인도로부터 티베트로 불교를 전파해 티베트인에게 부처의 환생으로 불린 파드마 삼바바란 성인이 집필한 108권의 경전 중 한 권이 이 책이다. 그런데 파드마 삼바바는 이렇게 집필한 책들 대부분을 히말라야의 험준한 바위틈이나 동굴에 숨겼다 한다. 아직 깨달음의 시기가 충분히 무르익기 전에 책들이 세상에 나왔다가는 커다란 혼란을 일으킬까 걱정했기 때문이었다. 파드마 삼바바는 제자들을 시켜 책이 이해될 만큼 충분히 성숙한 시대가 도래했을 때 환생하여 자신이 숨겨놓은 경전을 꺼내와 세상에 알리라는 임무를 맡겼다. 그렇게 발견되어 전파된 책 중 하나가 『티베트 사자의 서』라 한다. 무척 신비로운 이야기가 아닐 수 없다. 어떤 책은 어떤 사람들에게 틀림없이 무기가 되거나 독이 되거나 하는 것이다. 어떤 책들은 진심으로 무시무시한 것들이다.

나의 적이 절대로 알지 않았으면 하는 책을 한 권 감히 말하라 한다면, 나는 (짐짓 심각한 척) 한참을 머뭇거리다가, 저명한 신화학자인 조지프 캠벨과 저널리스트 빌 모이어스의 방송 대담 프로그램을 녹취해 엮은 『신화의 힘』을 어쩔 수 없이 실토하(는 척하)겠다. 이 책은 학창시절 연극 관련 수업을 듣다가 교수님으로부터 '강추' 받아 알게된 책이지만, 당시엔 앞부분만 조금 읽고 덮어버렸다. 읽어내기 쉽지 않았던 것이다.

그러다가 신화에 대한 관심이 생겨 엘리아데나 칼 융, 동양의 선 등에 관한 책들을 뒤적거리다가 다시 이 책을 만났다. 그러곤 찬찬히 읽어나갔다. 역시 쉽게 읽을 수 있는 책은 아니었다. 책의 한 줄 한 줄이 매우 의미심장한 이야기를 담고 있는데 그 한 줄 한 줄을 놓치고 싶지 않은 간절한 마음이 들었다. 서구 문화의 밑바탕이 된 그리스 로마 신화(헬레니즘)와 기독교의 신화(헤브라이즘)를 망라하고, 미국 인디언 신화, 유럽 각지의 신화, 인도나 중국, 일본의 신화와 종교까지 아우르며 그 신화들을 자유자재로 헤집고 다닌다. 신화의 바다 위를 거침없이 헤엄친다. 책에도 자주 언급되는 영화 〈스타워즈〉의 감독 조지 루카스의 농장에서 처음 녹화되고 이어 뉴욕 자연사 박물관에서 녹화된 필름은 비디오테이프 등으로 손쉽게 구할 수 있는 영상이었다 한다. 텔레비전으로 이런 깊은 인문학적 내용이 공유되는 미국이란 사회를 새삼 다시 보게 된다.

그리스, 『신화의 힘』

나의 적이 절대로
알아서는 안 될 책

그(조셉 캠벨)는 세계의 각각 다른 문화권에서 신들이 각기 다른
가면을 쓰고 나타나는 까닭을, 이 수많은 문화의 가지에서 서로
비슷한 이야기들(창세, 처녀 수태, 신자성육, 죽음과 부활, 재림,
그리고 최후의 심판 이야기)이 생겨나는 까닭을 알고자 한다.
그는 '진리는 하나이되 현자賢者는 여러 이름으로 이를
언표한다'는 힌두 경전에 나오는 통찰을 좋아한다.

조지프 캠벨, 빌 모이어스, 『신화의 힘』에서

신화 자체가 노래인 것이지요. 육신의 에너지로부터 부추김을
받는 상상력의 노래, 이것이 신화입니다. 한 선사禪師가
무리 앞에서 설법을 하기 위해 서 있습니다. 이 선사가 마악 입을
열려는 찰나 새가 한 마리 끼어들어 노래를 부릅니다. 그러자
선사가 말했지요. "설법은 끝났다"고요.

조지프 캠벨, 빌 모이어스, 『신화의 힘』에서

신화는 사회가 꾸는 집단적인 꿈입니다. 그러니까 신화는
공적인 꿈이요, 꿈은 사적인 신화라고 할 수 있겠지요.
어떤 개인이 꾸는 사적인 신화인 꿈이 그 사회의 꿈인 신화와
일치한다면 그 사람은 그 사회와 무난하게 조화를 이루고
있다고 보아야겠지요. 그렇지 않다면 앞에서 기다리는
캄캄한 숲 속에서 한바탕 모험을 해야 합니다.

조지프 캠벨, 빌 모이어스, 『신화의 힘』에서

아테네에서 떠난 배가 에게 해의 섬 사이를 유유히
떠다니는 뱃머리에서 나는 신화를 생각했다. 그리스 본토를
비롯해 많은 섬들이 울창한 숲과 험한 산악을 갖고 있지 않았다.
그런 땅에서 어떻게 저 위대한 신화가 탄생했을까. 인디언의
말발굽 소리가 사라진 아메리카 대륙이나, 인도의 거친 대지에서
탄생한 신화는 또 어떠한가. 신화란 수천 년 수많은 사람들의
경험과 지혜가 쌓이고 걸러져 심오한 이야기로 집약된 지혜의
열쇠이리라. 카뮈가 『시지프의 신화』에서 언급했듯 '신화란
상상력이 그 신화에게 생명감을 주도록 만들어져 있'는 것. 우리
시대의 상상력에도 여지없이 작용한다는 점에서 신화는 결코
죽지 않고 살아 숨 쉬는 위대한 공동의 유산이다.

당신이
사진을 찍는
이유

가장 찍고 싶은 것이
가장 찍을 수 없는 것이다.

베르나르 포콩, 『사랑의 방』에서

2015년 아카데미 영화제에는 대비되는 두 편의 흥미로운 영화가 장편 다큐멘터리 부문에 나란히 최종 후보로 올랐다. 기아와 노동, 극한의 땅을 취재하며 다큐멘터리 사진으로 한 시대를 풍미한 브라질 사진작가 세바스티아오 살가도를 다룬 〈제네시스, 세상의 소금〉이 그 하나이고, 평생 무명으로 살며 자신이 살고 있는 도시의 거리 풍경을 찍어온 미지의 여성 비비안 마이어의 삶을 추적한 〈비비안 마이어를 찾아서〉가 다른 하나다. 특히 〈비비안 마이어를 찾아서〉는 하나의 사회 현상으로 자리 잡으면서, 생전엔 전혀 알려지지 않았던 이 여성의 사진 작품이 뉴욕을 비롯한 세계 주요 도시에서 성황리에 전시를 이어가는 계기가 되었다. 우리나라에서도 한 유명 미술관에서 전시가 이루어졌는데, 1960~70년대 최고의 스트리트 포토 작가로 이름을 떨친 게리 위노그랜드와 나란히 전시되고, 심지어 위노그랜드의 인기를 훌쩍 넘는 성황으로 화제가 되었다. 비비안 마이어 현상은 우리 시대 예술에 시사하는 바가 적지 않다. 프로와 아마추어의 경계란 어디까지일까? 무명無名과 유명의 신화는? 순전히 자신만을 위한 예술은 가능한가? 거의 모든 분야에서 동시대 예술은 과거와는 썩 다른 양상으로 우리를 혼란케 한다. 대부분 돈과 자본의 메커니즘에 좌지우지되는 예술계의 추문은 종종 충격과 함께 쓸쓸함을 남기곤 한다.

사진을 공부할수록 사진이 문학과 많이 닮았다는 걸 느낀다.
어떤 사진은 시이자 단편소설이고, 어떤 다큐멘터리 사진집은 대하
장편소설에 육박하는 스토리와 담론을 보여준다. 그렇게 생각하자
사진 찍기가 쉬워졌다. 무얼 찍을지 조금 알게 되었다고나 할까.
시를 쓰듯 사진을 찍자. 장편소설을 구상하고 집필하듯 어떤
사진에 구성을 붙이고 이야기를 만들어보자. 사진 예술에 대한
여전히 내가 가장 좋아하는 정의는 게리 위노그랜드가 남긴
이 말이다. 사진을 찍는 이유에 대해 이보다 명쾌한 정의가 있을까?
다소 선문답 같기도 하지만 말이다.

나는 사물이 찍히면 어떻게 보일지 알기 위해 사진을 찍는다.

게리 위노그랜드의 말, 수잔 손탁 『사진에 관하여』에서

독일 베를린, 『밝은 방』

베를린의 랜드마크라 할 수 있는 브란덴부르크 문 부근에서
한 장의 사진 앞에 오래 서 있었다. 1970년대 독일 총리를 지낸
빌리브란트의 기념관에서였는데, 개관시간이 끝난 후 기념관 바깥
쇼윈도에 걸린 한 장의 사진이 발길을 붙잡았다. 나는 그 사진을
잘 알고 있고 그를 소재로 한 〈데모크라시〉라는 연극도 보았다.
빌리브란트는 서독 총리를 지내며 과감한 외교 정책을 추진한
인물로 지금도 독일인의 가슴에 살아 있는 존경받는 정치인이다.
갈등 관계에 놓인 동서의 화해를 도모하여 통일 독일의 초석을
놓은 공로로 노벨 평화상을 받기도 하였다. 특히 나치 독일이
저지른 학살과 만행을 사죄하기 위해 폴란드 방문 시 유대인
위령탑을 찾아가 그 앞에 무릎을 꿇은 모습을 담은 그의 사진은
역사의 기록으로 남아 있다. 내 발길을 오래 붙잡은 사진이 바로
그것이다. 그 사진 옆엔 1990년대 초, 마침내 무너진 베를린
장벽 앞의 군중을 바라보며 감회에 젖은 노년 정치가 빌리브란트의
사진이 있다. 역시 여행자의 발길을 오래 붙잡은 사진이다.

우리 시대 사진 이론의 고전으로 꼽히는 두 권의 책이 있다. 수잔 손탁이 쓴 『사진에 관하여』와 롤랑 바르트의 『밝은 방』(『카메라 루시다』로도 번역된)이 그것. 꽤 여러 출판사에서 다양한 버전으로 출판된 이 책들은 그러나 독해가 쉽지 않다. 사진과 이미지의 비밀을 글로 표현한 담론이 어찌 쉽게 읽히겠는가. 바르트의 책에 처음 사용된 '푼크툼punctum'이란 단어는 이제 사진이나 이미지에 대한 책과 전시에 관용어처럼 쓰이는 용어다. 다소 범박하게 말해, 그저 그렇거나 감동이 덜하며 특별히 격렬하지 않은 사진을 일컬어 바르트가 사용한 스투디움studium과 대비되는 말이 푼크툼이다. 푼크툼은 '찔린 자국이며, 작은 구멍이며, 조그만 얼룩이고, 작게 베인 상처이며', '사진 안에서 나를 찌르는' 것들을 일컫는다고 그는 말한다. 바르트는 책에 인용한 사진을 통해 어떤 것이 스투디움에 머문 것이고 어떤 것이 푼크툼인지 이야기한다. 그런데 푼크툼에 대한 그의 서술이 하도 개인적이고 주관적이라 책을 몇 번 읽고도 푼크툼이 뭔지 이해할 수 없었다. 그럼에도 책에는 사진에 대한 새로운 시선과 녹록지 않은 통찰로 가득하다.

독일 베를린, 『밝은 방』

요컨대 사진은 겁을 주고, 격분하게 하며 상처 줄 때가 아니라, 생각에 잠겨 있을 때 전복적이다.

롤랑 바르트, 『밝은 방』에서

카프카는 웃으면서 이렇게 대답했다. "사람들이 어떤 것들을 사진 찍는 것은 그것들을 정신에서 몰아내기 위해서이다. 나의 이야기들은 눈을 감는 하나의 방식이다." 사진은 침묵해야 한다 (매우 시끄러운 사진들이 있는데, 나는 그런 것들을 좋아하지 않는다).

롤랑 바르트, 『밝은 방』에서

빌리브란트 기념관 바로 옆에 위치한 서점에서 히틀러 시대의 베를린을 담은 사진집을 뒤적이느라 밤이 깊어가는 줄도 몰랐다. 푼크툼이 무엇인지 여전히 잘 모르지만, 나를 '찌르는' 사진은 많았다. 그것이 살가도 같은 사진이든, 비비안 마이어 같은 사진이든 상관없이 말이다.

다시 고향에
돌아갈 수
있을까?

'그대 다시는 고향으로 돌아갈 수 없다'는
이 말은 그에겐 여러 가지 의미를 가지고 있었다.
즉 그대는 다시는 고향으로,
가족의 품으로, 어린 시절로, 낭만적 사랑으로,
영광과 명예에 대한 청년 시절의 꿈으로
돌아갈 수 없으며, 다시는 방랑 생활, 다른
나라로의 도피, 그리고 '예술과 미', '사랑'을
완성시키려는 이상으로 돌아갈 수 없으며, (중략)
한때는 영원한 것으로 보였지만 언제나
변화하는 사물의 낡은 형태와 조직으로 다시는
돌아갈 수가 없으며, 다시는 시간과 기억의
도피처로 돌아갈 수가 없는 것이다.

토마스 울프,
『그대 다시는 고향에 못 가리』에서

고향에 돌아왔다.

　　열흘 전 북구의 겨울로 긴 여행을 떠날 때 문득 그리웠던 고향 인천과 신포동의 선술집, 그리고 그 집 안주인 스지탕을 먹으러 왔다. 서울에서 일을 마치고 인천으로 서둘러 내려왔다. 초등학교 동창 친구에게 전화해 한잔하자 했더니 여기저기 연락이 돼 동창 다섯이 모였다. 고향에 와 고향 친구를 만나 정든 음식에 술 한잔 기울이는 것. 이런 게 행복이 아니면 무엇이 행복일까?

　　'노포老鋪'라는 말이 있었다. 글 잘 쓰는 요리사 박찬일 셰프가 낸 책『백년식당』에서 알게 된 말인데 '대를 이어 영업을 하는 오래된 가게'를 일컫는다 했다. 일본 도쿄나 오사카 등지에서 백년, 이백 년 넘은 노포를 더러 만날 수 있었는데 우리에겐 그런 집이 얼마나 될까? 책에는 서울과 부산을 중심으로 오래된 국밥집, 냉면집, 어묵집 등의 노포들이 소개되어 있었다.

　　신포동에 갈 때마다 스지탕보다 먼저 발길이 닿았던 건 우럭젓국을 내오는 술집이었다. 부모님 고향인 서산의 향토 음식인 우럭젓국을 어릴 적에 먹은 기억이 있는데 그걸 신포동에서 발견한 것이다. 한동안 인천에 내려와 우럭젓국에 소주를 마시는 게 내 작지 않은 행복이었다. 그런데 오늘은 스지탕이 목표였다. 오로라를 만나고 돌아온 그 밤, 노르웨이 북단의 도시 트롬쇠에서 왜 난데없이 신포동 스지탕이 생각났을까.

　　입맛이 부리는 변덕과 욕망은 종종 오리무중인 것이다. 도가니와 비슷한 소의 힘줄 부위인 '스지'를 감자 등과 곁들여 찌개나 탕으로 내오는 이 집도 '노포'라 할 것이다. 몇 해 전 작고하신 창업자에 이어 그 자제분이 가게를 잇고 있다고 했다.

아아, 고향에 와 고향 친구들과 고향 음식에 소주를 마신다.
그러자 북유럽 여행에 가져가 읽었던 미국 소설 『그대 다시는
고향에 못 가리』가 떠올랐다. 서구인에게는 '고향'이란 단어는
어째 어울리지 않는다 생각했는데 그게 아니었다. 언젠가 외국의
포도주스 광고를 본 적이 있는데, 주스 병을 든 어른들이 무언가
골똘하며 눈물을 흘리던 이미지에 "엄마가 해준 포도주스가
마시고 싶다!" 하던 카피가 붙어 있었다. 엄마, 집, 고향에 대한
그리움은 인간 보편의 성정인 것이다.

　　　이 책은 여행에 함께 가져간 철학 서적이 너무 어렵거나
재미없을 것에 대비해 챙겨간 것이지만 실은 오래전부터 읽으려
벼르던 책이다. 헤밍웨이, 윌리엄 포크너, 스콧 피츠제럴드와
동시대 작가였던 토마스 울프는 당시 미국 문단에 혜성처럼
등장한 존재였고 꽤 촉망받는 작가였지만 38세 나이로 요절한
비운의 소설가이기도 했다. 미국 최초로 노벨 문학상을 수상한
싱클레어 루이스가 수상 소감에서 토마스 울프를 극찬한 일화도
유명하다. 『그대 다시는 고향에 못 가리』는 그의 유작이 된
소설인데, 나는 이 책을 소설가 윤대녕의 에세이에서 추천받았다.
절판돼 구하기가 쉽지 않은 책을 간신히 구해 여행 배낭에
챙겨가게 된 것이다.

　인천, 『그대 다시는 고향에 못 가리』

소설의 내용은 차치하고 나는 북구의 여행지에서 책의 표지만
봐도 그저 눈물이 날 것만 같았다. You can't go home again.
고향에 돌아가지 못할 거라니. 너무 먼 곳으로 여행 와 있는 내게,
영원히 고향에 못갈 거라는 제목이 무슨 저주처럼 박혀왔다.
길 위의 여행자에게 이만큼 슬픈 제목이 어디 있을까. 이렇게 뭉클한
제목이 어디 있을까. 소설가 이문열이 자신의 소설에 일찌감치
이 제목을 차용한 까닭도 그러할 것이다. 먼 이방의 여행지에서
신포동 스지탕이 그리워진 것도 실은 그 제목 때문이 아니었을까?

　　　때로 장광설과 주관이 넘쳐나는 부분이 보이지만 재미있게
읽은 소설이다. 소설가로 등단한 주인공이 친척의 상을 당해 10여 년
만에 고향을 찾아가는데, 대공황을 앞둔 1929년의 시골 고향 마을은
온통 부동산 투기에 미쳐 있다. 천정부지로 뛰는 부동산 광풍에
매몰돼 있던 고향 사람에게서 풋풋한 정이나 따뜻함도 느낄 수 없던
화자에게 고향의 눈먼 어르신이 충고한다. 자네가 고향에 다시
갈 수 있을 것 같나? 정말 고향에 갈 수 있다고 생각하나?

　　　그렇다. 따지고 보면 우리 중 누구도 온전히 고향에 갈 수
없으리라. 고향이 단지 행정구역상의 지명만을 의미하지 않는다면
말이다. 우리의 추억에 박제된 고향은 결코 찾아갈 수 없는 땅이다.
누구도 고향으로 갈 수 없음. 이것이야말로 현대인의 실존을
극명하게 표현한 선고가 아니겠는가. 개발이 진행중인 고향을
지향 없이 찾아가는 우리 소설 「삼포 가는 길」이 자주 아른거리는
것도 그 때문이다. 한껏 울고 싶어질 때 이 책을 싸들고
고향으로부터 멀리 여행을 떠나면 될 것이다.

그런데! 오늘 나는 고향에 왔고 옛 친구들을 만나 50여 년 된 노포 식당에서 술잔을 기울인다. 오래고 낡은 것의 아름다움이 그 겨울밤 신포동 거리에 난만했다. 고향에 와 있음. 이거야말로 기적이 아닌가. 기분 좋게 마시고 서울의 집으로 올라오며 삶이 때로 기적 같을 수 있음을 생각했다. 한 시인이 읊은 것처럼, '살아온 기적이 살아갈 기적이' 될 거라고.

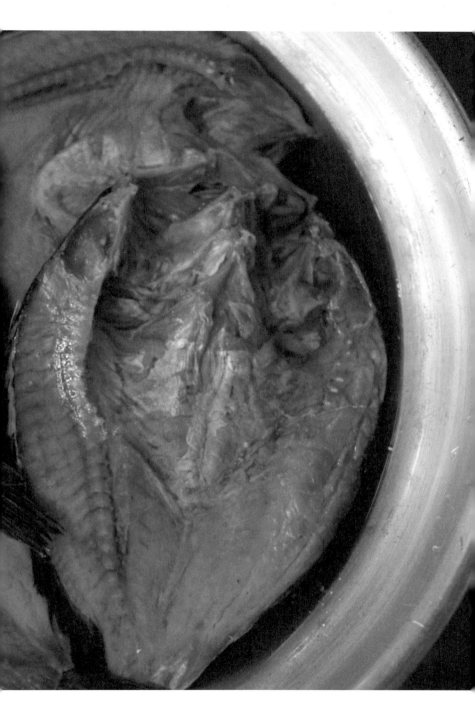

어디라도!
지금, 여기만
아니라면!

나에겐 내가 현재 있는 곳이 아닌 다른 곳에 가면 언제나 편안할 것처럼 생각된다. (중략) 마침내 내 넋은 폭발한다. 그리고 현명하게 나에게 외치는 것이다. "어느 곳이라도 좋다! 어느 곳이라도! 그것이 이 세상 밖이기만 하다면!"

샤를 피에르 보들레르, 『파리의 우울』에서

프랑스 파리, 『파리의 우울』

어디라도!
지금, 여기만 아니라면!

파리 몽파르나스의 공동묘지를 찾아 다시 보들레르의 묘 앞에
섰다. 1998년 처음 파리에 왔을 때 찾았으니 거의 17~18년
만에 다시 그 앞에 선 것이다. 몽파르나스에는 보들레르 외에도
사르트르와 보브와르의 합장묘가 있고, 사무엘 베케트와
외젠 이오네스코 등 부조리극 작가의 묘지, 그리고 마르그리트
뒤라스와 수잔 손탁 등 강한 여성들, 그리고 사진작가 만 레이
라든가 영화 〈시네마 천국〉의 푸근한 할아버지 역할을 했던
배우 필립 느와레 등의 묘가 있다. 다시 찾은 묘지이지만, 오래전
찾았을 때보다 그 뭉클함이나 감동이 더하면 더했지 못할 것이
없었다. 그 사이 나는 더 많은 책과 생각 사이를 오가며
그 향기로운 사람들의 숲을 헤맸던 것이다.

다시 시인 보들레르 앞에 섰을 때 17~18년 전에도
그랬듯이, 내가 지어 외고 있는 자작시 한 편을 적어 묘지에
올려놓고 왔다. 그때와 마찬가지로 이 무덤을 찾은 많은 사람들이
묘석에 자신들이 지은 시라든가 시인에게 보내는 편지 따위를
적어 바치는 것이 보들레르 묘지의 진풍경이었다.

많은 후배 작가와 평론가들이 얘기하듯 보들레르는
'근대적' 풍물과 생각을 최초로 작품에 옮긴 작가로 얘기되곤 한다.
이제 일상화되다시피 한 '여행' 역시도 따지고 보면 근대 이전엔
불가능에 가까웠던 근대의 산물일 터. "어디로라도! 어디로라도!
이 세상 바깥이기만 하다면!"이라 읊었던 보들레르의 시에서

비로소 근대적인 '여행의 정신'을 발견하게 된다. 여행에 관한
철학 서적인 『여행의 기술』에서 저자 알랭 드 보통은 보들레르를
평생에 걸쳐 항구, 부두, 역, 기차, 호텔방과 대양을 가로지르는
배를 사랑한 시인으로 그리고 있다. 목적지보다는 떠남 자체를
동경한 보들레르의 생각을 통해 여행이 '생각의 산파'임을,
내적인 사유를 끄집어내고 자신과 대화를 이끌어내는
공간임을 얘기한다.

몇 시간 동안 기차를 타고 꿈을 꾸다보면, 나 자신에게로
돌아왔다는 느낌이 들기도 한다. 즉 우리에게 중요한 감정이나
관념들과 다시 만나게 되었다는 느낌이 드는 것이다. 우리가
자신의 진정한 자아와 가장 잘 만날 수 있는 곳이 반드시 집은
아니다. 가구들은 자기들이 변하지 않는다는 이유로 우리도
변할 수 없다고 주장한다.

알랭 드 보통, 『여행의 기술』에서

　프랑스 파리,『파리의 우울』

사실, 많은 해외 번역 시들이 그렇듯 19세기 상징주의 시인으로 불리는 보들레르나 베를렌, 랭보, 로트레아몽의 시를 읽고 감명을 받거나 이해하는 건 쉬운 일이 아니다. T. S. 엘리엇, 릴케, 네루다에 이르기까지 아무리 세계적인 시인의 시라 해도 시는 결국 번역되기 힘든 문학일 터. 다만 산문에 가까운 보들레르의 『파리의 우울』 정도를 읽으며 시인의 오롯한 고집과 생각, 자신이 살아간 시대에 대한 불만과 우울을 읽을 수 있을 뿐이다. 잊히고 묻힐 위험에 처해 있던 미국 소설가 애드거 앨런 포의 진면목을 일찌감치 알아보고 소개한 심미안에서 보들레르의 위대함을 느낄 수도 있겠지만.

그렇더라도 보들레르의 대표작인 「이방인」 같은 시는 시대와 공간을 뛰어넘어 우리의 마음을 두드리는 힘이 있다. 흡사 『페터 카멘친트』에서 구름에 대한 일대 예찬을 펼쳤던 헤르만 헤세의 마음을 떠올리게 한다. 구름을 나침반 삼아 구름의 마음을 헤아리는 것이 여행자의 마음이고 시인의 마음이 아닐까.

어디라도!
지금, 여기만 아니라면!

수수께끼 같은 친구여, 말해 보아라, 너는 누구를 가장 사랑하느냐? 아버지? 어머니? 누이나 형제?

나에겐 아버지도, 어머니도, 누이도, 형제도 없소.

친구들은?

당신은 오늘날까지 내가 그 의미조차 모르는 말을 하고 있구려.

조국은?

그게 어느 위도 아래 위치하는지도 모르오.

미인은?

불멸의 여신이라면 기꺼이 사랑하겠소만.

돈은 어떤가?

당신이 신을 싫어하듯, 나는 그것을 싫어하오.

그렇군! 그렇다면, 너는 도대체 무엇을 사랑하느냐,
불가사의의 이방인이여?

나는 구름을 사랑하오…… 흘러가는 구름을……
저기…… 저기…… 저 찬란한 구름을!

보들레르, 「이방인」 전문

- 헤르만 헤세, 『싯다르타』
- 잭 케루악, 『길 위에서』
- 요나스 요나손, 『창문 넘어 도망친 100세 노인』
- 쿠쉬완트 싱, 『델리』
- 어니스트 헤밍웨이, 『노인과 바다』
- 다니자키 준이치로, 『그늘에 대하여』
- 허먼 멜빌, 『모비 딕』「필경사 바틀비」
- 표도르 도스토옙스키, 『죄와 벌』
- 후지와라 신야, 『인도방랑』
- 막스 피카르트, 『침묵의 세계』

- 헤르만 헤세, 『나르치스와 골드문트』
- 윌리엄 셰익스피어, 『로미오와 줄리엣』
- 미겔 데 세르반테스 사아베드라, 『돈키호테』
- 찰스 디킨스, 『두 도시 이야기』
- 보리스 파스테르나크, 『닥터 지바고』
- 레프 니콜라예비치 톨스토이, 『안나 카레니나』『부활』
- 프리드리히 니체, 『차라투스트라는 이렇게 말했다』
- 앙드레 지드, 『지상의 양식』
- 프리초프 카프라, 『현대 물리학과 동양사상』
- 레이첼 카슨, 『침묵의 봄』
- 올리버 색스, 『아내를 모자로 착각한 남자』
- 이언 매큐언, 『속죄』
- 요 네스뵈, 『스노우 맨』
- 미우라 아야코, 『빙점』

- 헤르만 헤세, 『페터 카멘친트』
- 밀란 쿤데라, 『불멸』
- 가스통 바슐라르, 『불의 정신분석』
- 백석, 백석 시집
- 안토니오 스카르메타, 『파블로 네루다와 우편배달부』
- 잘랄 알 딘 알 루미, '루미의 시들'
- 서경식, 『시의 힘』
- 조지프 캠벨, 빌 모이어스, 『신화의 힘』
- 롤랑 바르트, 『밝은 방』
- 토마스 울프, 『그대 다시는 고향에 못 가리』
- 샤를 피에르 보들레르, 『파리의 우울』

416